Die drei ??? Kids
Band 9

SOS über den Wolken

Erzählt von Ulf Blanck

Mit Illustrationen von Stefanie Wegner

KOSMOS

Umschlagillustrationen und Innenillustrationen von Stefanie Wegner, Soltau

Bücher · Videos · Kalender · Experimentierkästen · Spiele
Angeln & Jagd · Astronomie · Eisenbahn & Nutzfahrzeuge · Garten & Zimmerpflanzen · Heimtiere · Kinder & Jugend · Natur · Pferde & Reiten

KOSMOS Postfach 10 60 11
D-70049 Stuttgart
TELEFON +49 (0)711-2191-0
FAX +49 (0)711-2191-422
WEB www.kosmos.de
E-MAIL info@kosmos.de

»SOS über den Wolken« ist der neunte Band der Reihe
»Die drei ??? Kids«

Dieses Buch folgt den Regeln der neuen Rechtschreibung.

Die Deutsche Bibliothek — CIP-Einheitsaufnahme:
Ein Titelsatz dieser Produktion ist bei der Deutschen Bibliothek erhältlich.

© 2001, Franckh-Kosmos Verlags-GmbH & Co., Stuttgart
Alle Rechte vorbehalten
ISBN 3-440-08562-7

Redaktion: Silke Arnold
Printed in Czech Republic / Imprimé en République tchèque
Grundlayout: Friedhelm Steinen-Broo, eStudio Calamar
Satz: Hahn Medien GmbH, Kornwestheim
Herstellung: Die Herstellung, Stuttgart
Druck und Bindung: Finidr. s.r.o., Česky Těšín

Die drei ??? Kids
»SOS über den Wolken«

Tiefflieger	7
Aufräumarbeiten	14
Abrechnung	24
Startklar	31
Vom Winde geweht	40
Sabotage!	49
Spurensuche	55
Lösungsversuche	62
Am Haken	70
Verdachtsmomente	76
Mitten im Müll	85
Abgeführt	90
Ausgebellt	99
Neustart	104
Windkraft	109
Über den Wolken	116
Save **O**ur **S**ouls	119

Tieflieger

Justus Jonas schlief noch tief und fest, als die ersten Sonnenstrahlen sein Zimmer hellrot erleuchteten. Er träumte gerade von einem riesigen Hotdog und hörte nicht, wie draußen die Vögel fröhlich den neuen Tag begrüßten. Erst als sich unter das Zwitschern das dumpfe Dröhnen eines Motors mischte, zog er genervt sein Kissen über den Kopf. Die Geräusche wurden immer lauter und lauter, bis sich der Hotdog langsam in Luft auflöste. Plötzlich riss Justus das Kissen von seinem Gesicht und öffnete die Augen. Es schien, als würde das Motorengeräusch direkt auf ihn zukommen. Neugierig sprang er aus dem Bett, schob die Gardine beiseite und blinzelte in die aufgehende Sonne.

Was er dann sah, konnte er kaum glauben. Ein Propellerflugzeug kam direkt auf ihn zugeschossen. Die Maschine flog so flach, dass Justus sie ohne weiteres mit einem Stein hätte treffen können. Vor Schreck riss er die Gardine wieder zu und ging hinter der Fensterbank in Deckung. Erst im letzten Moment zog das Flugzeug hoch und donnerte über das Haus hinweg.

Jetzt war er endgültig wach. »Was ist denn das für ein Spinner«, dachte Justus laut und rannte aus seinem Zimmer. »Tante Mathilda, Onkel Titus! Habt ihr das eben auch gehört?«, rief er die Treppe hinunter. Die beiden saßen gerade in der Küche beim Frühstück, als er aufgeregt zur Tür hereinplatzte.

»Was sollen wir gehört haben?«, fragte sein Onkel verwundert.

»Na, das Flugzeug. Ich hab gedacht, das Ding kracht direkt in mein Schlafzimmer.«

Onkel Titus legte seine Zeitung beiseite und schüttelte den Kopf. »Wir haben hier unten gar nichts gehört. Erstens dudelt das Radio so laut und zweitens redet deine Tante den ganzen Morgen schon ununterbrochen auf mich ein.«

Wie immer überhörte das seine Frau. Sie gab Justus ein großes Glas Milch und legte ihre Hand auf seine Schulter. »Deinen Wecker, der vor einer halben Stunde geklingelt hat, hast du wohl nicht gehört. Peter und Bob müssten gleich hier sein.«

Justus sah auf die Küchenuhr. Er hatte total verschlafen. Eilig rannte er zum Badezimmer, als plötzlich die Haustür aufging. Es waren seine beiden Freunde.

»Ach nee, erst sollen wir am Wochenende um Punkt sechs hier auf der Fußmatte stehn und jetzt hüpft Just noch im Pyjama durch die Gegend«, schimpfte Bob Andrews.

»Nun mal keine Panik«, rief Onkel Titus aus der Küche. »Auf eine Minute mehr oder weniger kommt es nun wirklich nicht an. Justus putzt sich schnell die Zähne und ihr bekommt in der Zwischenzeit noch ein Marmeladenbrot. Wir haben gleich jede Menge anzupacken und brauchen viel Kraft.«

Etwas später standen alle auf der Veranda und verabschiedeten sich von Tante Mathilda.

»Hier, ich hab euch noch Proviant eingepackt. Passt auf euch auf und schleppt nicht wieder lauter Schrott an!«, rief sie den vieren hinterher.

»Das ist kein Schrott, sondern Wertstoff!«, rief Onkel Titus ärgerlich zurück, während er seinen alten Pick-up aufschloss und sich hinters Lenkrad setzte. Dann drängten sich Justus, Peter und Bob neben ihn auf die vordere Sitzbank.

Sie fuhren vom Gelände des Schrottplatzes und bogen in die Hauptstraße ein.

»Wobei sollen wir denn diesmal helfen, Mister Jonas?«, wollte Peter Shaw wissen und beugte sich nach vorn.

»Das will ich euch sagen«, begann Onkel Titus. »Ich habe euch so früh bestellt, weil ich einen recht großen Auftrag übernommen habe. Am Rande von Rocky Beach gibt es doch den kleinen Sportflughafen. Dort sollen wir einige Räume entrümpeln. Ich hab aber keine Ahnung, was wir da vorfinden werden. Ihr bekommt, wie versprochen, jeder zehn Dollar für den Vormittag.« Justus, Peter und Bob halfen Onkel Titus oft. Meistens war die Arbeit ziemlich anstrengend, aber dafür eine der wenigen Möglichkeiten, das Taschengeld aufzubessern.

Nach wenigen Kilometern gabelte sich die Straße und der Pick-up holperte von nun an über einen staubigen Sandweg.

»Mir kommt gleich das Frühstück wieder hoch«, murmelte Bob und kurbelte das Fenster herunter.

»Sei froh, dass du überhaupt was im Magen hast«, grinste Justus. »Ich hatte heute Morgen nicht mal Zeit, um was zu essen.« Mit diesen Worten öffnete er Tante Mathildas Proviantdose und beförderte ein Wurstbrot zum Vorschein. Gerade wollte er genüsslich hineinbeißen, als er plötzlich erneut ein lautes Motorengeräusch vernahm.

»Da, da ist der Spinner wieder! Genau wie heute Morgen. Ich wette, gleich kommt ein Flugzeug flach über dem Boden angedonnert. Aufpassen!« Justus' Befürchtung wurde wahr und diesmal sahen es alle. Von hinten näherte sich eine kleine Maschine und jagte im Tiefflug über den Wagen. Doch kaum war der erste Schreck vorüber, rauschte abermals etwas über sie hinweg. Ein langer flatternder Stoffstreifen schoss durch die Luft und verfolgte das Propellerflugzeug.

»Ich weiß, was das ist!«, schrie Peter aufgeregt gegen den Lärm an. »Das ist ein Werbeflieger. Die Maschine zieht den Lappen wie ein großes Plakat hinter sich her.« Onkel Titus beugte seinen Kopf

weit vor und blickte nach oben. »Peter hat Recht. Jetzt kann ich auch lesen, was da steht: ›Coole Kids kauen Colagum‹. Was ist das denn?«

»Colagum ist ein neues Kaugummi. Schmeckt aber ekelhaft süß und krümelt im Mund«, klärte Peter ihn auf. Plötzlich ließ Justus sein Wurstbrot fallen und zeigte entsetzt auf die Straße. »Achtung, Onkel Titus! Guck nach vorn! Da kommt ein Laster auf uns zu!«

Aufräumarbeiten

Onkel Titus hatte die ganze Zeit nach oben gesehen und nicht bemerkt, wie er langsam auf die andere Straßenseite gewechselt war. In letzter Sekunde riss er das Lenkrad herum und schleuderte nur knapp an dem Lastwagen vorbei. Es vergingen einige Sekunden, bis er die Worte wiederfand. »Dass mir keiner Tante Mathilda davon erzählt«, brummte er.

Den Rest der Strecke fuhren sie schweigend weiter. Justus hatte fast alle Brote aufgegessen, als sie den kleinen Flughafen erreichten. Auf einem großen freien Gelände standen einige Gebäude aus Wellblech. Direkt daneben führte die schnurgerade Landebahn aus kurz geschnittenem Rasen entlang. Onkel Titus hielt vor einer riesigen Halle.

»Das sieht aus wie ein Flugzeughangar«, meinte Peter. »Da, die schieben gerade einen Flieger rein!« Er zeigte auf eine Propellermaschine, die langsam in der Flugzeughalle verschwand. Zwei Männer in ölverschmierten Arbeitsanzügen stemmten sich mit aller Kraft gegen die Tragflächen. Ein dritter Mann rollte zwei große Fässer beiseite, um dem Flugzeug Platz zu machen. Dieser trug eine Lederkappe und einen weißen Schal um den Hals. Justus schluckte den Rest seines Wurstbrotes hinunter. »Ich werde verrückt, genau der Vogel hat uns vorhin fast von der Straße gefegt. Da bin ich mir ganz sicher.« Entschlossen stieg er mit Peter und Bob aus dem Pickup. Onkel Titus zog einen Zettel aus seiner Westentasche und rief den dreien hinterher. »Nun mal nicht so schnell! Zuerst müssen wir einen gewissen Dave Spencer finden. Er hat mich gestern angerufen und mir den Auftrag erteilt.«

Doch Justus, Peter und Bob waren schon längst in der Halle und guckten sich neugierig um.

»Dahinten, der Typ mit der Fliegermütze auf dem Kopf muss der Pilot sein«, vermutete Justus und ging direkt auf ihn zu.

Der Mann schob gerade einen großen Bremsklotz unter einen der Flugzeugreifen. Seine beiden

Helfer kümmerten sich unterdessen um eine andere Maschine in der Halle. Als der Mann die drei ??? bemerkte, zog er sich die Lederkappe vom Kopf und sah sie fragend an.

»Wissen Sie, dass Sie uns vorhin fast die Antenne vom Auto umgeknickt haben?«, begann Justus wütend. »Und heute Morgen sind Sie mit Ihrer Maschine beinahe durch mein Zimmer gedonnert. Gibt es nicht irgendwelche Mindesthöhen, die man als Pilot einhalten muss?«

Der Mann sah etwas verlegen auf den Boden. »Nun ja, wie soll ich sagen ... du hast natürlich Recht. Tut mir Leid, wenn ich jemanden erschreckt habe. Aber seid versichert, ich habe jahrelang als Luftakrobat gearbeitet und behalte immer alles unter Kontrolle. Manchmal kommt diese Zeit bei mir wieder hoch.«

In diesem Moment rief Onkel Titus: »Justus! Wo seid ihr? Ich muss zum Leiter des Flugplatzes.«

Der Pilot blickte zu Onkel Titus und hob den Arm. »Wenn Sie mich suchen, sind Sie hier richtig.«

Onkel Titus kam zu ihm und begrüßte ihn. »Guten Tag, mein Name ist Titus Jonas, Wertstoffhandel. Wir haben gestern am Telefon gesprochen.« Justus war es etwas peinlich, dass er soeben den Auftraggeber seines Onkels beschimpft hatte. Dennoch fühlte er sich im Recht und ließ sich nichts anmerken.

Dave Spencer, der Leiter des privaten Flugplatzes, führte sie zu einem Gebäude neben der großen Halle und öffnete die Tür. »Kommen Sie bitte herein! Sie merken, hier sieht es etwas chaotisch aus.

Das ist auch der Grund, warum ich Sie herbestellt habe. Dieses Gebäude wird in der nächsten Zeit komplett umgebaut. Noch ist es eine alte Baracke, doch später wird dies ein modernes Büro und die Zentrale unserer Flugüberwachung. Im Laufe der Jahre hat sich in den Räumen allerhand Schrott angesammelt. Das muss alles raus.« Er zeigte auf Berge von alten Flugzeugteilen und ausgebauten Instrumenten. Onkel Titus zog seine dicken Arbeitshandschuhe an und sah sich prüfend um. »Kein Problem, Mister Spencer. Bis zum Mittag haben wir das alles draußen, oder, Jungs?« Die drei ??? nickten zustimmend.

»Wunderbar, dann werde ich Sie jetzt allein lassen und in der Halle weitermachen«, freute sich der Pilot und verschwand nach draußen.

Onkel Titus war begeistert. »Nun schaut euch das an! Haufenweise tolle Geräte. Ein bisschen rostig, aber ich wette, noch voll funktionsfähig.«

»Was wollen Sie denn damit anfangen?«, fragte Peter verständnislos.

»Mal sehen. Vielleicht bau ich daraus wieder ein komplettes Flugzeug zusammen«, lachte Onkel Titus und pustete den Staub von einem ausgebauten Propeller.

Dann begannen sie unentwegt Kisten voller Kabel, löchrige Flugzeugsitze, kaputte Scheinwerfer und vieles mehr zum Pick-up zu schleppen.

Die Sonne stand inzwischen fast senkrecht und allen lief vor Anstrengung der Schweiß herunter.

Als der Wagen zur Hälfte beladen war, sank Onkel Titus erschöpft auf ein Ölfass und wischte sich mit den Handschuhen das Gesicht ab. »Ich brauch erst mal eine Pause«, schnaufte er. »Setzt euch am besten auch in den Schatten und erholt euch.«

Dazu hatten die drei ??? aber überhaupt keine Lust. Der Flugplatz war viel zu aufregend. Neugierig durchforschten sie die restlichen Räume des Gebäudes.

»Guckt mal!«, rief Bob und blickte durch eine offene Tür. »Hier hat Spencer anscheinend schon angefangen sein Büro neu einzurichten. Zumindest stehen hier ein neuer Computer und ein Faxgerät.«

Dann gingen sie einen langen Flur entlang, der an einer geschlossenen Stahltür endete.

»Was wohl dahinter ist?«, fragte sich Justus laut und drückte die Klinke herunter. Peter war damit überhaupt nicht einverstanden. »Ich glaube kaum, dass Spencer begeistert sein wird, wenn wir hier herumspionieren.« Justus kümmerte das wenig. »Wieso, er hat doch gesagt, wir sollen überall das Gerümpel rausholen. Wer weiß, was hinter der Tür noch auf uns wartet?«

Die Tür klemmte und zusammen mit Bob stemmte er sich mit Gewalt dagegen. Metall krachte und quietschend ließ sie sich langsam aufdrücken. Vorsichtig tastete sich Justus in den dunklen Raum hinein. Das einzige Fenster war von außen mit Brettern zugenagelt und nur durch die Ritzen drangen einige Sonnenstrahlen.

»Sieht so aus, als ob hier die letzten fünfzig Jahre keiner mehr reingekommen wäre«, meinte Bob, als

sich seine Augen an das spärliche Licht gewöhnt hatten.

»Oder die letzten fünfzig Jahre ist keiner mehr hier rausgekommen«, befürchtete Peter. »Vielleicht wurde hier jemand gefangen gehalten und dann vergessen.« Nervös tat er einen Schritt zur Seite und stieß dabei gegen ein paar aufgestapelte Hölzer. Klappernd fielen sie zu Boden.

Plötzlich packte ihn Bob am Arm. »Peter, guck jetzt nicht nach unten! Es stimmt, was du gesagt hast. Ich glaube, wir haben den armen Teufel gefunden. Es sind leider nur noch die Knochen übrig geblieben.«

Aber Peter kannte die Scherze von seinem Freund. »Ha, ha, ha ... glaubst du, ich fall auf den Blödsinn rein?« Bob hingegen amüsierte sich köstlich und konnte gar nicht mehr aufhören zu lachen.

Justus stand derweil vor dem zugenagelten Fenster. Er stellte sich auf die Zehenspitzen, um durch einen der schmalen Ritze nach draußen zu sehen. Doch kaum hatte er einen Blick gewagt, schrie er laut auf, stolperte nach hinten weg und fiel krachend über eine Holzkiste.

»Just! Was hast du da gesehen?«, stammelte Peter entsetzt. Justus lag regungslos am Boden und starrte immer noch gebannt zum Fenster. »Ob ihr es glaubt oder nicht: Ich habe direkt in zwei Augen geguckt.«

Abrechnung

»Du hast was?«, riefen Peter und Bob im Chor.

»Wenn ich es euch doch sage. Da muss jemand draußen gestanden haben. Ich wette, der hat uns schon die ganze Zeit beobachtet.« Vorsichtig stand er auf und klopfte den Staub von seiner Hose.

»Mir reicht's«, entschied Peter. »Ich verschwinde von hier.« Mit diesen Worten drehte er sich um und lief direkt Dave Spencer in die Arme.

»Hoppla, wo kommst du denn her«, wunderte sich dieser und entdeckte auch Bob und Justus. »Ich habe einen Schrei gehört. Wart ihr das?«

Peter wollte ihm antworten, doch Justus war schneller. »Ja, ich habe geschrien. Ich bin über die Kiste hier gestolpert. Sollen wir diesen Raum auch entrümpeln, Mister Spencer?«

Der Pilot hatte inzwischen einen Lichtschalter gefunden. Er kratzte sich am Kinn. »Wenn ich ehrlich bin, ich war selbst noch nie hier drin. Ich bin erst seit kurzem der Besitzer des Flugplatzes. Es gibt so viele Gebäude und Räume auf dem Gelände — wird Zeit, dass hier alles einmal kräftig aufgeräumt wird.«

Er öffnete eine der vielen Kisten und wedelte den Staub vor seinen Augen fort. »Nun schaut euch das an: alles uralter Plunder. Antike Instrumente und wertloser Flugzeugschrott. Kann alles weg.« Neugierig wagte Peter einen Blick in die Kiste. »Hier ist sogar ein Kompass drin, Mister Spencer.«

Dave Spencer nahm den Kompass in die Hand und begutachtete ihn. »Kein Pilot braucht heutzutage noch einen Kompass. In der modernen Luftfahrt navigiert man mit GPS.« Die drei ??? verstanden kein Wort. »Aber wenn euch das alte Ding gefällt, könnt ihr es gerne mitnehmen.« Dankend ließ Peter den Kompass in seiner Hosentasche verschwinden.

Als sie wieder ans Tageslicht kamen, stand Onkel Titus schon ungeduldig vor seinem Pick-up. »Wo treibt ihr euch herum? Soll ich den Wagen allein voll packen?«

Die nächsten zwei Stunden schleppten sie die restlichen Kisten, Maschinenteile und einige ausgediente Einrichtungsgegenstände aus dem Gebäude. Der Pick-up ächzte unter der Last. Dann wurde alles mit langen Gurten gesichert und auf der Ladefläche festgezurrt. Zufrieden blickte Onkel Titus auf den Haufen. »Ich denke, das hat sich gelohnt. Einiges werde ich garantiert verkaufen können. Hier zum Beispiel, diesen original Pilotenhelm. Elvis Presley persönlich hat ihn getragen.«

Bob sah ihn mit großen Augen an. »Das können Sie doch gar nicht wissen.«

Doch Onkel Titus spuckte auf den Helm und rieb ihn mit seinem Hemdsärmel blank. »Kannst du mir das Gegenteil beweisen?«, grinste er.

In diesem Moment kam Dave Spencer aus dem Flugzeughangar und betrachtete den hohen Berg auf dem Pick-up. »Unglaublich, was sich in den Jahren für ein Schrott ansammelt hat.« Dann griff er in seine Jackentasche und reichte Onkel Titus einige Scheine. »Hier, Mister Jonas. Ich bezahle am liebsten gleich in bar.«

Onkel Titus nahm das Geld und gab jedem der drei ??? einen Zehndollarschein. »Ich zahle auch am liebsten gleich in bar.« Alle lachten und waren zufrieden.

Dave Spencer bedankte sich und ging wieder in Richtung Halle. Doch plötzlich drehte er um und kam zurück. »Entschuldigen Sie, aber ich hab doch noch eine Frage an Ihre drei Helfer. Hättet ihr Lust und Zeit, euch noch ein paar Dollar zu verdienen?«

Natürlich hatten die drei Lust und nickten eifrig.

Dann wandte sich Mister Spencer wieder Onkel

Titus zu. »Es geht natürlich nur, wenn Sie damit einverstanden sind. Aber ich will erst erklären, um was es sich handelt. Also, dieser Privatflughafen lebt zum großen Teil davon, dass wir Werbeflüge in der Gegend durchführen.«

»Wie vorhin, als Sie uns fast von der Straße gefegt hätten?«, grinste Justus. Der Pilot lächelte wieder verlegen. »Ja, im Normalfall fliegen wir natürlich etwas höher. Entschuldigt nochmals. Aber wir starten nicht nur mit den vier Propellermaschinen, sondern auch mit unserer Big Mama.«

»Big Mama?«, wiederholten die drei verständnislos.

»Big Mama ist unser Heißluftballon«, klärte der Pilot sie auf. »Auch damit führen wir Werbefahrten durch. Nun ist es so: Ein Kunde hat für heute und die ganze nächste Zeit solche Einsätze gebucht und sogar schon bezahlt. Leider fehlt es mir im Moment an Personal, um den Ballon starten zu können. Dafür braucht man mehrere Helfer, die beim Aufblasen mit anpacken. Zurzeit sind viele meiner

Leute ... wie soll ich sagen ... viele sind krank oder können nicht. Ich würde euch für drei Stunden brauchen und gleich viel bezahlen wie euer Onkel. Wie wär's?«

Die drei ??? sahen Onkel Titus begeistert an.

»Oh bitte, ich wollte schon immer bei einem Ballonstart dabei sein«, bettelte Justus. Sein Onkel trat unruhig von einem Fuß auf den anderen. Dann verschränkte er plötzlich die Arme und holte tief Luft. »Also, ich bin damit einverstanden.« Justus, Peter und Bob jubelten.

»Aber nur unter zwei Bedingungen«, fuhr er mit ernster Miene fort. »Erstens: Die drei dürfen auch mit dem Ballon fliegen. Wäre doch schade, wenn Big Mama nur mit einer Person durch die Wolken schwebt.«

Die drei ??? starrten ihn völlig entgeistert an.

»Natürlich dürfen sie mit«, antwortete der Pilot ebenso überrascht. »Im Ballon ist Platz für sechs Personen. Aber es muss ein Erziehungsberechtigter dabei sein.«

Onkel Titus strahlte. »Und genau das ist meine zweite Bedingung. Ich komme auch mit. Ballonfliegen ist nämlich ein Jugendtraum von mir. Ich werde natürlich auch beim Start mithelfen. Und seien Sie froh, Mister Spencer. Ich verlange nicht mal zehn Dollar dafür — mir reicht die Hälfte.«

Startklar

Die drei ??? konnten es nicht fassen. Der Tag, der mit harter Arbeit begonnen hatte, sollte plötzlich mit einer Fahrt in einem Heißluftballon enden.

Dave Spencer führte sie in die Flugzeughalle und zeigte auf einen umgebauten Jeep. »Auf diesem Wagen ist unsere Big Mama aufgeladen. Hinten seht ihr den Korb und in dem großen Sack daneben steckt der Ballon.« Bob war beeindruckt. »Unglaublich, ich kann mir überhaupt nicht vorstellen, dass man mit so einem schweren Korb und sechs Personen durch die Luft fliegen kann.«

»Fahren heißt das! Mit einem Ballon fliegt man nicht, man fährt!«, berichtigte ihn der Pilot und grinste. »Ich sehe schon, wir müssen bei euch ganz von vorn anfangen.«

Dann setzten sich alle in den Jeep und fuhren bis zur Mitte der Startbahn.

»Warum heißt das denn fahren und nicht fliegen?«, flüsterte Bob unauffällig Justus ins Ohr.

»Keine Ahnung«, flüsterte Justus und zuckte mit den Achseln.

Als sie den schweren geflochtenen Korb vom Wagen hoben, half einer der beiden Männer aus der Halle mit.

»Das ist Buddy«, stellte ihn Spencer vor. »Er wird sich nachher in den Jeep setzen und uns am Boden verfolgen. Wir bleiben ständig über Funk mit ihm in Kontakt. Denn wo wir landen werden, weiß nur der Wind. Darum können wir auch nur starten, wenn kein Ostwind zu erwarten ist. Bei Ostwind würden wir hoffnungslos auf den Pazifik hinaustreiben. Heute kommt der Wind von Norden und somit geht es Richtung Hollywood. Zur Sicherheit hole ich aber gleich mal den aktuellen Wetterbericht aus meinem Büro. Der wird mir alle zwei Stunden automatisch gefaxt.«

Spencer machte sich auf den Weg und Buddy gab weitere Anweisungen. »Okay, als Nächstes holen wir den Ballon aus dem Sack. Wir müssen alle zugleich ziehen. Dann breiten wir ihn vorsichtig auf der Landebahn aus.«

Es schien so, als hätte Buddy sein Leben lang nichts anderes getan als Ballons aufzubauen. Geschickt montierte er das Gestell mit dem Gasbrenner an den Korb.

Als Spencer zurückkam, winkte er mit einem Zettel. »Alles klar, wir haben bis zum Abend leichten Nordwind. Ideales Ballonwetter. Buddy, wo ist eigentlich Gilbert abgeblieben?« Buddy zuckte mit den Schultern. »Keine Ahnung, Boss. Gil meinte plötzlich, dass er sich nicht wohl fühle, und dann war er verschwunden.«

»Jetzt sind alle außer dir krank ... Na ja, reden wir

nachher drüber.« Gilbert war anscheinend der zweite Mann aus der Halle.

Onkel Titus betrachtete neugierig den ausgebreiteten Ballon. »Und wie geht es nun weiter?«

Dave Spencer war sehr geduldig und erklärte ihnen Schritt für Schritt das Fluggefährt. »Also, zunächst wird die Ballonhülle mit einem großen Ventilator aufgeblasen, wie ein Luftballon. Wenn er fast voll ist, heizen wir die Luft mit dem Gasbrenner auf. Eure Aufgabe ist es, die Ballonhülle vorsichtig auseinander zu ziehen, damit die Luft hineinströmen kann.«

Eifrig befolgten sie die Anweisungen des Piloten. Erst als sich der Ballon langsam aufrichtete, erahnten sie seine gewaltige Größe.

»Mann, das ist ja ein riesiges Teil«, staunte Peter.

Dann nahm Spencer den Gasbrenner und ließ eine meterlange Flamme durch das offene untere Ende in den Ballon hineinschießen.

Langsam erhob sich das gigantische Gebilde aus Stoff. Jetzt ging alles sehr schnell und die Anweisun-

gen von Spencer wurden lauter. »Los, den Korb gerade stellen! Die Ersten können schon reinkrabbeln, sonst hebt Big Mama ohne uns ab.« Als Justus in dem Korb verschwand, grinste Bob. »Das Gewicht dürfte erst mal ausreichen, um am Boden zu bleiben.« Justus schien das überhört zu haben.

Unaufhörlich donnerten die Flammen in die Ballonhülle. Mittlerweile befanden sich alle im Korb und riefen aufgeregt durcheinander. Spencer kontrollierte die Bordinstrumente und Buddy setzte sich in den Jeep. »Buddy, kannst du mich hören?«, rief Spencer ins Funkgerät.

»Laut und deutlich, Boss«, plärrte es aus dem Lautsprecher.

Die Gasflammen loderten hell auf und der Ballon glich einer riesigen Feuerkugel.

»Was passiert, wenn die Flammen an den Stoff kommen?«, fragte Peter besorgt.

»Man muss die Flamme so lenken, dass es nicht passiert«, erklärte Spencer. »Aber selbst wenn — der Stoff ist sehr schwer entflammbar. So, ich glaube, gleich geht es los. Seid ihr bereit?«

»Jaaa ...!«, riefen alle begeistert.

Dann erhob sich ganz allmählich der Korb und schwebte lautlos in die Luft. Andächtig genossen sie den Moment und keiner wagte, ein Wort zu sprechen. Alles unter ihnen wurde zunehmend kleiner. Sie blickten auf das Dach der großen Halle und konnten in der Ferne den Pazifik erkennen. Höher und höher stiegen sie auf, bis Onkel Titus' Pick-up wie ein Spielzeugauto aussah.

Der Wind trieb sie sanft nach Süden. Spencer setzte sich eine Sonnenbrille auf und klopfte auf eines der Instrumente. »Achtzig Meter über dem Meeresspiegel. Wir steigen noch bis einhundert Meter auf, dann haben wir unsere Flughöhe erreicht. Tja, es hat sich kaum was geändert, seit die Gebrüder Montgolfier 1783 die erste Ballonfahrt in der Geschichte der Menschheit gewagt hatten. Dabei war es so einfach: Heiße Luft ist leichter als kalte Luft und steigt nach oben. Sie füllten einen Ballon mit heißer Luft und schon ging es los.«

Bob dachte an Physikunterricht, spuckte hinunter und überlegte, wen er wohl damit treffen würde.

Unter ihnen lag jetzt Rocky Beach und auf dem Marktplatz sah man winzige Menschen umherlaufen.

Dave Spencer erzählte weiter. »Die ersten Passagiere waren ein Hahn, ein Hammel und eine Ente. Menschen trauten sich noch nicht in den Ballon. Der französische König hatte es sogar verboten. Am Anfang sollten deshalb zwei zum Tode verurteilte Verbrecher die Probefahrt machen. Das hat man dann aber doch nicht gemacht.«

»Da haben die beiden aber Glück gehabt«, bemerkte Peter.

»Nicht so ganz. Die Verbrecher wären nach einer erfolgreichen Fahrt begnadigt worden.«

Plötzlich duckte sich Onkel Titus und rief erschrocken: »Still! Zieht die Köpfe ein!« Vor Schreck hockten sich die drei ??? zu ihm nach unten in den Korb. Justus fragte atemlos: »Was hast du denn entdeckt?«

»Wir fliegen gerade direkt über unser Grundstück«, flüsterte Onkel Titus.

»Na und? Ich würde gern mal unser Haus von oben sehen«, entgegnete Justus und wollte sich wieder aufrichten. Sein Onkel zog ihn zurück. »Hier geblieben! Unten steht Tante Mathilda im Garten und hängt die Wäsche auf. Wenn sie sieht, dass ich hier mit euch im Ballon herumschaukel, jagt sie mich tagelang über den Schrottplatz.«

Vom Winde geweht

Die Fahrt führte entlang der Küstenstraße Richtung Hollywood. Spencer zündete regelmäßig den Gasbrenner, um die Höhe zu halten. Ab und zu entdeckten sie den Jeep, der den Ballon am Boden verfolgte.

»Wird Zeit, die Werbung auszusetzen. Wir fahren ja hier nicht zum Spaß«, lachte Spencer und beförderte einen Sack zum Vorschein. Er befestigte mehrere Leinen am Korb und zog einen meterlangen Stoffstreifen aus dem Sack. Dann warf er alles über Bord. Ein Gewicht zog den breiten Streifen stramm nach unten.

Peter musste lachen. »He, das kommt uns doch bekannt vor. Auf dem Stoff ist eine riesige Packung Colagum aufgedruckt.«

»Coole Kids kauen Colagum«, murmelte Onkel Titus. Justus blickte nach unten und beobachtete den Streifen. »Komisch, der Stoff flattert kaum. Ich dachte immer, hier oben würde ein kräftiger Wind wehen.«

»Das tut es auch«, erklärte der Pilot. »Da uns der Wind aber treibt, sind wir genauso schnell wie der Wind selbst. Darum scheint es, als hätten wir fast absolute Windstille.«

Bob spuckte wieder nach unten. Er hatte für heute genug vom Physikunterricht.

Nach ungefähr zwei Stunden konnte man in der Ferne Hollywood erkennen. Peter entdeckte als Erster die riesigen weißen Buchstaben in den Bergen. Spencer nahm wieder sein Funkgerät. »Buddy, bitte kommen. Wir gehen jetzt langsam runter. Nach meinen Berechnungen müssten wir in der Nähe der Silverstone-Ranch landen.« Er zeigte auf ein großes freies Feld. »Ich lasse jetzt heiße Luft ab, damit wir schneller runterkommen. Wir wollen ja nicht mitten in Hollywood landen. Wenn ich an diesem Seil hier ziehe, dann öffnet sich oben eine Art Klappe, heiße Luft strömt hinaus und wir sinken zu Boden. Man nennt es das Parachute-System.«

»Darf ich daran ziehen?«, rief plötzlich Onkel Titus und guckte mit großen Augen auf das Seil.

»Einverstanden«, sagte Spencer. »Packen Sie das Seil fest mit beiden Händen und ziehen Sie auf mein Kommando. Achtung, jetzt vorsichtig!«

Onkel Titus strahlte und zog an dem Seil. Doch völlig unerwartet gab es einen Ruck, das Seil riss und fiel samt Onkel Titus auf den Korbboden.

»Verdammt! Was haben Sie gemacht?«, schrie Spencer sichtlich erregt. Onkel Titus rappelte sich auf und blickte verwirrt auf das Seil. »Ich habe ganz vorsichtig gezogen, glauben Sie mir! So, wie Sie es gesagt haben.«

Der Pilot nahm seine Sonnenbrille ab und rieb sich die Augen. »Tut mir Leid, Mister Jonas. Natürlich können Sie nichts dafür. Das Seil kann kein Mensch der Welt mit den Händen zerreißen. Entschuldigen Sie bitte. Wie das passiert ist, spielt jetzt sowieso keine Rolle. Wir haben ganz andere Probleme.« Peter blickte ihn entsetzt an. »Was passiert denn nun? Kommen wir nicht mehr runter?«

»Keine Angst, runter kommen wir immer. Aber ich kann das nicht mehr kontrollieren. Der Ballon kühlt sich nur allmählich ab und wir werden ganz langsam zu Boden sinken. Leider kann kein Mensch sagen, wo wir genau landen werden. Es gibt viele Gefahren. Bäume, Schluchten oder Hochspannungsleitungen.«

Leichte Panik machte sich in dem Korb breit.

»Wichtig ist, dass wir Ruhe bewahren. Vielleicht haben wir Glück. Die Felder der Silverstone-Ranch sind sehr groß.« Über Funk informierte er Buddy.

»Wie kann das passieren?«, hörten sie ihn über den Lautsprecher fluchen. »Mit dem Parachute-Seil kann man ein Auto abschleppen — das reißt nicht so einfach. Ich werde vorsichtshalber den Rettungsdienst alarmieren. Die sollen sich in Bereitschaft halten.«

Justus blickte nervös nach unten. »Mister Spencer, können wir nicht lieber so lange in der Luft bleiben, bis wir eine riesige Landefläche vor uns sehen?«

Spencer schüttelte den Kopf. »Leider nicht. Um in der Luft zu bleiben, muss ich ständig den Ballon nachheizen. Ich habe aber schon drei von unseren vier Gasflaschen verbraucht. Länger als drei Stunden kann man mit dem Ballon nicht oben bleiben. Wir müssen runter. Lieber jetzt als mitten in Hollywood.«

Er klopfte auf den Höhenmesser. »Fünfundsechzig Meter. Helft mir, den Stoff mit der Werbung einzuholen! Sonst verfängt er sich nachher noch in einem Baum.«

Die Erde kam näher und näher.

»Fünfzig Meter.«

Sie überflogen jetzt die Silverstone-Ranch.

»Dreißig Meter.«

Von unten winkten ihnen Kinder fröhlich zu.

»Zwanzig Meter. Buddy, wir gehen hinter der Ranch runter, halte dich bereit!«

Hinter dem Haus konnte man eine steinige Ebene erkennen. Doch sie war nicht besonders groß und grenzte an eine Reihe von hohen Bäumen.

»Zehn Meter. Wir müssen schneller runter. Über die Bäume würden wir es jetzt sowieso nicht mehr schaffen.« Immer dichter trieb sie der Wind auf die Bäume zu. Justus versuchte, sich so schwer wie möglich zu machen.

»Fünf Meter! Es wird eine ruppige Landung werden. Hockt euch nach unten und haltet die Hände über die Köpfe!«, schrie Spencer.

»Drei, zwei, noch einen Meter ... Achtung ... jetzt!«

Mit einem lauten Krachen setzte der Korb auf

und wirbelte die Insassen umher. Kurz darauf hob er wieder ab, um dann abermals hart aufzuschlagen. Dies wiederholte sich, bis der Korb unsanft über die Steine gezogen wurde. Staub wirbelte auf und ein letztes Mal prallten sie gegen einen dicken Felsbrocken — dann war alles still.

Onkel Titus stand als Erster auf. »Schnell raus hier«, keuchte er atemlos. Doch Spencer packte seinen Arm und zog ihn wieder nach unten. »Bleiben Sie im Korb! Wenn wir jetzt Gewicht verlieren, heben wir wieder ab. Ab jetzt kann nichts mehr passieren. Die Ballonhülle wird bald langsam zu Boden sinken. Wir haben es geschafft.«

Tatsächlich neigte sich nach wenigen Minuten der Ballon und hatte keine Kraft mehr, sie nach oben zu ziehen.

Einer nach dem anderen konnte den Korb verlassen. Erst jetzt bemerkten sie, was für ein Glück sie hatten, denn bis zur Baumreihe waren es nur noch ein paar Meter.

Kurz darauf kam Buddy mit dem Jeep und half,

die mittlerweile schlaffe Ballonhülle zu verstauen.

Spencer war am Boden zerstört. Ratlos hielt er das verhängnisvolle Seilstück in der Hand und konnte es immer noch nicht fassen. Justus setzte sich neben ihn und verfolgte das Seil bis ans abgerissene Ende. Plötzlich sprang er auf und seine Stimme überschlug sich fast: »Seht her! Das Seil ist nicht gerissen, es ist eindeutig vorher mit einem Messer angeschnitten worden!«

Sabotage!

Spencer riss ihm das Seil aus der Hand und schüttelte entgeistert den Kopf. »Es stimmt. Hier ist eindeutig eine Schnittstelle. Sabotage!« Die anderen begutachteten das Beweisstück und kamen zu dem gleichen Ergebnis: Jemand musste vor dem Start das Seil so weit angeschnitten haben, dass es durch einen kleinen Ruck ganz zerreißen konnte.

Onkel Titus schien etwas erleichtert zu sein. »Zumindest war es nicht meine Schuld«, atmete er auf.

Mit vereinten Kräften wurde alles auf den Jeep geladen und während der Rückfahrt herrschte niedergeschlagenes Schweigen. Keiner konnte das Erlebte so richtig fassen.

Als sie wieder am Flugplatz ankamen, stand immer noch der beladene Pick-up in der prallen Sonne. Onkel Titus lief noch einmal um ihn herum und zog einige der Haltegurte nach.

Spencer bat die drei ??? in das ausgeräumte

Gebäude. »Kommt mit in mein Büro! Ich bin euch noch euren Lohn schuldig. In meiner Jackentasche habe ich nichts mehr.«

Peter schüttelte den Kopf. »Ach was, wir wollen nichts. Wir sind damit zufrieden, dass wir noch leben.«

Doch Spencer ließ sich nicht davon abhalten und so willigten die drei ??? schließlich doch ein.

»Wenn er unbedingt sein Geld loswerden will«, flüsterte Bob, als sie das Büro betraten.

Spencer ging an den Schreibtisch, setzte sich auf seinen Stuhl und erstarrte plötzlich.

»Was haben Sie?«, fragte Peter besorgt. »Ist Ihnen nicht gut?« Wortlos deutete Dave Spencer auf einen Zettel, der auf seinem Tisch lag. Die drei ??? kamen näher und beugten sich über das Papier.

»Wer Wind sät, wird Sturm ernten! Dies ist die letzte Warnung«, las Bob laut vor. Die großen Buchstaben waren aus Zeitungen ausgeschnitten und aufgeklebt worden. Auf dem Zettel stand ein Wasserglas.

»Unglaublich!«, platzte es aus Justus heraus. »Das ist ein Erpresserbrief. Was wollen die von Ihnen, Mister Spencer?«

Der Pilot vergrub sein Gesicht in den Händen. »Ich weiß es nicht. Ich weiß es einfach nicht. Nur eins ist sicher: Derjenige, der das Seil anschnitt, hat auch diesen Brief geschrieben. Ich werde den Flugverkehr ab sofort stoppen. Ich will nicht das geringste Risiko eingehen — das heute hat mir gereicht. Das Beste ist, ich melde den ganzen Vorfall der Polizei — auch wenn dann der Ruf meines Flugplatzes ruiniert ist.«

Erschöpft nahm er den Telefonhörer in die Hand. Justus knetete fieberhaft mit Daumen und Zeigefinger seine Unterlippe. »Warten Sie!«, rief er plötzlich. »Vielleicht ist es genau das, was der oder die Täter wollen.«

Spencer, Peter und Bob sahen ihn erstaunt an.

»Versteht doch, es ist sehr merkwürdig, dass ein Erpresser keine Forderung hat. In dem Schreiben steht nichts von Geld oder Ähnlichem. Ist es nicht möglich, dass er nur darauf wartet, dass die Polizei eingeschaltet wird? Kurz danach weiß es dann die Presse und der Flugplatz kann dichtmachen. Wenn die Leute mitkriegen, dass die Sicherheit gefährdet ist, wird keiner mehr was damit zu tun haben wollen. Mister Spencer, gibt es vielleicht irgendwelche Konkurrenten, die Ihnen schaden wollen?«

Der Pilot schüttelte den Kopf. »Nein, wir sind weit und breit die Einzigen in dem Gewerbe.«

Peter betrachtete angestrengt den Drohbrief.

»Ich denke, Just hat Recht. Aber wenn Mister Spencer gar nichts unternimmt, wird vielleicht noch ein Seil angeschnitten.«

»Das sehe ich genauso«, nickte der Pilot zustimmend. »Ich habe keine andere Wahl. Ich muss die Polizei einschalten, auch wenn ich danach ruiniert bin.«

Er griff wieder zum Hörer, doch Justus war schneller und hielt die Hand auf die Gabel. »Lassen Sie uns noch einen Moment nachdenken. Solange kein Flugzeug oder Ballon abhebt, kann nichts passieren. Stoppen Sie den Flugbetrieb, aber warten Sie noch mit der Polizei! Denn ich glaube, wir haben eine gute Chance, den oder die Täter zu überführen, ohne dass die Presse vorher was davon erfährt.«

»Wieso haben wir gute Chancen?«, fragte Spencer erstaunt. Jetzt meldete sich auch Bob zu Wort. »Na ja, die Erpresser haben eine ganze Menge Spuren hinterlassen. Vielleicht entdeckt man einige interessante Dinge, wenn man die Beweisstücke unter die Lupe nimmt.«

Er nahm ein herumliegendes Tuch und hob damit das Wasserglas an. »Ich denke, das Glas hat der Täter dort abgestellt, damit der Zettel nicht wegfliegt. Aber vielleicht hat er vergessen, dass Gläseranfassen schöne Fingerabdrücke macht?«

Jetzt waren die drei ??? in ihrem Element.

Justus hörte auf, seine Lippe zu kneten. »Also, ich glaube, das ist zumindest eine kleine Chance. Geben Sie uns bis morgen Mittag Zeit! Wenn wir bis dahin nichts herausbekommen haben, können Sie immer noch zur Polizei gehen.«

Dave Spencer pulte nervös an seinen Fingern. Dann schritt er hektisch in seinem Büro auf und ab. Plötzlich ballte er die Faust und holte tief Luft. »Okay, bis morgen Mittag. Aber nur, wenn ihr mir versprecht, jedes Risiko zu vermeiden.«

Sie versprachen es ihm. In diesem Moment hatten die jüngsten Detektive der Welt ihren bisher gefährlichsten Auftrag angenommen.

Spurensuche

Mittlerweile war es spät am Nachmittag und die Luft hatte sich ein wenig abgekühlt. Als der voll bepackte Pick-up auf den Schrottplatz fuhr, kam schon Tante Mathilda aus dem Haus gelaufen. »Wo habt ihr nur so lange gesteckt? Titus, du hast mir gesagt, ihr wärt zum Mittagessen wieder hier — jetzt gibt es gleich Abendbrot. Und was schleppst du da alles wieder an? Als ob wir nicht genug Schrott hier herumliegen hätten.«

Onkel Titus versuchte erst gar nicht, sich herauszureden. Mit schuldbewusster Miene löste er die Haltegurte auf der Ladefläche und sagte kein Wort.

Als Tante Mathilda einen alten Flugzeugpropeller zwischen der Ladung entdeckte, schlug sie die Hände über dem Kopf zusammen. »Herrje, was geht nur in euren Köpfen vor? Wollt ihr euch etwa ein Flugzeug zusammenbasteln? Als ob es nicht schon genug Verrückte am Himmel gibt. So wie heute Mittag. Da ist einer dieser wackeligen Ballons direkt über unser Haus geflogen. Aber so viel Irrsinn traue ich euch dann doch nicht zu.«

Onkel Titus und die drei ??? schauen auf den Boden.

Nachdem sie alles vom Wagen gepackt hatten, kam Tante Mathilda mit einem großen Tablett belegter Brote auf die Veranda. »Kommt, jetzt gibt es erst mal was zu essen. Ihr müsst ja am Verhungern sein.«

Das musste sie nicht zweimal sagen. Justus war der Erste am Tisch.

Anschließend sprangen die drei ??? auf ihre Räder und fuhren vom Grundstück. »Ich bin rechtzeitig wieder zurück, Tante Mathilda. Wir müssen nur noch kurz etwas erledigen!«, rief Justus im Wegfahren.

»Ja, ja ... ich weiß Bescheid«, murmelte sie und schüttelte den Kopf.

Das Ziel der drei war die Kaffeekanne, ihr Treffpunkt und Geheimversteck. Sie fuhren etwa zehn Minuten die Hauptstraße entlang, bis sie in einen schmalen Feldweg einbogen. Nach etwa zweihundert Metern waren sie da. Vor ihnen stand, versteckt zwischen Büschen und Sträuchern, ein alter Wassertank, den man früher zum Auffüllen der Dampflokomotiven benötigte.

Die drei ??? nannten ihn Kaffeekanne, weil er von weitem tatsächlich so aussah.

Sie stellten ihre Räder ab und kletterten an einem dicken Eisenrohr unter dem Tank nach oben.

Peter öffnete über sich eine Holzklappe und verschwand im Inneren. Bob und Justus folgten ihm in den runden kleinen Raum.

In der Mitte stand eine Holzkiste, die sie als Tisch

benutzten. Ringsherum stapelten sich Kartons und Berge von Zeitschriften und Comics. An einer Seite hatten sie weitere Holzkisten mit der Öffnung nach vorn übereinander gestellt. Diese dienten als Regal und waren voll gepackt mit der Ausrüstung der jungen Detektive. Lupe, Fernglas und Notizblock fehlten genauso wenig wie Taschenlampe oder eine kleine Dose mit Fingerabdruckpulver.

Genau dieses Pulver griff sich jetzt Bob heraus und stellte es auf den Tisch. »Da bin ich mal gespannt, was wir gleich entdecken werden«, sagte er aufgeregt.

Peter stellte einen kleinen Pappkarton daneben. Er öffnete ihn und holte das in Zeitungspapier eingepackte Wasserglas von Dave Spencer heraus. Bevor sie sich von dem Besitzer des Flugplatzes verabschiedet hatten, waren die drei ??? natürlich so schlau gewesen, alle Beweismittel aus dem Büro zu sichern und in dem Karton mitzunehmen.

Justus nahm ein paar Gummihandschuhe aus dem Regal, stülpte sie sich über die Hände und hielt das Wasserglas gegen das Licht. »Na bitte! Ich glaube, ich kann schon ein paar Abdrücke von fettigen Fingern erkennen.« Dann tupfte er mit einem weichen Pinsel das Pulver behutsam auf einige Stellen des Glases. Schließlich pustete er das überflüssige schwarze Puder weg. An fünf Stellen wurden jetzt verschieden große Fingerabdrücke deutlich sichtbar, denn das feine Pulver blieb an den fettigen Abdrücken kleben.

Bob hatte in der Zwischenzeit mehrere Stücke durchsichtigen Klebestreifens abgeschnitten, die er nun direkt auf die Fingerabdrücke legte. Vorsichtig strich er mit einem Tuch darüber. Das Pulver haftete nun an den Streifen. Dann zog er einen Streifen nach dem anderen wieder ab und klebte sie nebeneinander auf ein weißes Stück Papier.

»So, das war's. Die Fingerabdrücke sind für alle Zeiten gesichert«, strahlte er. »Jetzt müssen wir nur noch den Besitzer der Abdrücke finden — dann haben wir auch den Täter geschnappt.«

Justus knetete wieder einmal seine Unterlippe.

»Es kann aber auch sein, dass die Abdrücke von Spencer selbst stammen. Vielleicht hat er am Morgen aus dem Glas getrunken. Schließlich war es ja seins. Es sieht so aus, als würden alle fünf Abdrücke zu einer Hand gehören. Das hier ist vermutlich der Daumen — und auf der anderen Seite haben wir die restlichen vier Finger. Wir müssten von Spencer einen Vergleichsabdruck haben.«

»Willst du jetzt etwa zu Dave Spencer laufen und seine Fingerabdrücke abnehmen?«, unterbrach ihn Bob. »Nachher denkt der noch, wir halten ihn selbst für den Täter?«

Justus betrachtete durch eine Lupe die Abdrücke. »Vielleicht ist diese Vermutung gar nicht so falsch. Bis jetzt ist jeder verdächtig — auch Mister Spencer. Vielleicht will er Geld von einer Versicherung ergaunern — wer weiß. Wir müssten irgendwie an seine Fingerabdrücke herankommen.«

Plötzlich stand Peter auf und zog vorsichtig den alten Kompass aus seiner Hosentasche. »Nichts leichter als das«, triumphierte er. »Spencer hat mir doch den Kompass hier gegeben. Dann sollten doch mit etwas Glück auch seine Fingerabdrücke darauf zu finden sein.«

Eilig führten sie die ganze Prozedur noch einmal mit dem Kompass durch. Und tatsächlich: Mitten auf dem Deckel wurde ein gut erhaltener Abdruck sichtbar. Bob nahm aufgeregt die Lupe und verglich den Fingerabdruck mit denen von dem Glas. »Hier! Hundertprozentig! Sie sind absolut identisch. Es sind alles Fingerabdrücke von Spencer!«

Lösungsversuche

Die drei ??? waren einen Schritt weiter, konnten aber mit ihrer Entdeckung nicht viel anfangen.

»Also, fassen wir noch mal zusammen«, begann Justus mit wichtiger Miene. »Jemand hat das Seil von dem Ballon angeschnitten. Derselbe hat wahrscheinlich anschließend den Erpresserbrief geschrieben. Der Täter will aber kein Geld, sondern womöglich nur dem Flugplatz Schaden zufügen. Auf dem Wasserglas haben wir die Fingerabdrücke von Spencer gefunden. Entweder ist er selbst der Erpresser oder Mister X hat sich einfach Handschuhe angezogen. Und das ist wohl am ehesten zu vermuten. Mister X wollte eben keine Spuren hinterlassen, sonst hätte er sich auch nicht die Mühe mit den ausgeschnittenen Buchstaben gegeben.«

Bob stimmte ihm zu. »Ich seh das genauso. Also stehen wir wieder am Anfang.«

Justus nahm den Karton vom Tisch und holte den Drohbrief heraus. »Wir müssen einfach nach weiteren Spuren suchen. Das Wasserglas hat nicht besonders viel gebracht — aber vielleicht hilft uns dieser Zettel weiter.«

»Also, mit einem solchen Brief kann man den Täter nicht überführen«, mischte sich Peter ein. »Hätte er den mit der Hand oder mit einer Schreibmaschine geschrieben, dann vielleicht. Und Fingerabdrücke hab ich erst recht nicht auf dem Brief entdeckt — auf Papier ist das sowieso fast unmöglich. Das kannst du vergessen!«

Justus ließ sich nicht entmutigen. Minutenlang betrachtete er den Zettel und dachte angestrengt nach. »Es ist wirklich schwer. Man kann nicht einmal herausbekommen, aus welcher Zeitung oder Zeitschrift die Schnipsel stammen. Der Erpresser hat sorgfältig darauf geachtet, dass er nur die Buchstaben und nichts drum herum ausgeschnitten hat.«

Kurz bevor auch er aufgeben wollte, schoss ihm ein Geistesblitz durch den Kopf. »Moment! Mister X hat immer schön sauber die großen Buchstaben ausgeschnitten, aber hat er auch daran gedacht, was auf der Rückseite abgedruckt ist?«

Peter und Bob sahen ihn respektvoll an.

»Schnell, lasst uns die Papierschnipsel mit Wasser ablösen. Vielleicht haben wir noch eine Chance!«, rief Justus und war kaum zu bremsen.

Peter fand eine kleine Plastikschüssel und Bob goss den Rest aus einer Mineralwasserflasche hinein. Nachdem sie das Erpresserschreiben eingetaucht hatten, starrten sie gespannt in die Schüssel. Schon nach kurzer Zeit löste sich ein kleinerer Schnipsel ab und trieb an die Oberfläche. Bob holte aus einem Regal eine Pinzette und fischte den Papierfetzen aus dem Wasser. »Das war das ›W‹ von der ›letzten Warnung‹. Leider ist auf der Rück-

seite alles weiß. Vielleicht haben wir bei den anderen mehr Glück.«

Nacheinander untersuchten sie die Rückseiten der abgelösten Buchstaben. Ab und zu konnte man ein Auge, eine Zahl oder einen Autoreifen erkennen, aber nichts, was eindeutig einer bestimmten Zeitung zugeordnet werden konnte.

Doch plötzlich hielt Justus zufrieden einen etwas größeren Schnipsel in die Luft. »Da haben wir's. Hier auf der Rückseite steht: ›Nr. 8‹ und direkt daneben: ›$ 2,40‹.«

Peter sah ihn verständnislos an. »Und was soll uns das sagen, Just? Das könnte doch überall stehen.« Justus ließ sich nicht beirren. »Eben nicht überall. Ich wette, der Schnipsel stammt von der Titelseite einer Zeitschrift. Wo sonst steht normalerweise der Preis? Und Nummer acht bedeutet, dass es das achte Heft ist. Wenn meine Vermutung stimmt, brauchen wir nur zum Zeitschriftenhändler gehen und alle Hefte vergleichen, die zwei Dollar vierzig kosten.«

Bob war sprachlos. »Nicht schlecht. Wenn das stimmt und wir die Zeitschrift tatsächlich finden, dann sind wir wirklich einen kleinen Schritt weiter. Los, ganz in der Nähe ist eine Tankstelle! Die verkaufen dort auch massenhaft Zeitschriften.«

Eilig kletterten sie aus der Kaffeekanne, schnappten sich ihre Fahrräder und rasten den Feldweg entlang. Atemlos erreichten sie wenig später die Tankstelle.

In dem Verkaufsraum stand neben der Kasse ein riesiges Regal mit Zeitungen, Zeitschriften und Comics.

»Wir teilen uns auf«, schlug Bob vor. »Jeder sucht an einer anderen Ecke!« Fieberhaft durchwühlten die drei ??? die Blätter und Hefte.

Langsam wurde der Kassierer hinter dem Tresen auf sie aufmerksam und ließ sie nicht mehr aus den Augen.

»Hier, diese Zeitschrift kostet genau zwei Dollar vierzig …«, rief Peter aufgeregt. »... doch leider ist es nicht Nummer acht. Schade.«

Jetzt hatte der Kassierer genug und ging auf die drei zu. »Könnt ihr mir mal sagen, was ihr hier eigentlich veranstaltet?«, fragte er mit energischer Stimme. Peter ließ vor Schreck ein Romanheft fallen und wurde rot. Mit dem Fuß schob er ›*Heiße Küsse unter Palmen*‹ heimlich unter das Regal.

Doch Justus sah dem Mann selbstsicher in die Augen und fragte: »Wir suchen eine Zeitschrift, die genau zwei Dollar vierzig kostet und das Heft Nummer acht ist.«

Der Kassierer sah ihn erstaunt an. »Und was da drin steht, ist euch egal?«

»Völlig egal«, bestätigte Bob.

»Tja, lasst mich überlegen! Spontan fällt mir bei dem Preis ein Computerheft ein, aber das ist erst ganz neu auf dem Markt. Heft Nummer acht gibt es da noch gar nicht. Aber wartet! ›Fisch und Haken‹ kostet zwei vierzig. Die aktuelle Ausgabe ist aber schon die Nummer neun. Warum nehmt ihr nicht die?«, schlug der Kassierer vor.

Justus winkte ab. »Haben Sie nicht das alte Heft noch irgendwo herumliegen?«

»Da muss ich mal nachschauen. Die unverkauften alten Hefte werden zum Verlag zurückgeschickt — dann brauch ich die nämlich nicht zu bezahlen. Wenn ich noch eins hab, dann müsste es in diesem Stapel hier an der Seite liegen. Moment ... das ist es nicht ... ah ja, hier hab ich's: ›*Fisch und Haken. Das Magazin für den Hobbyangler*‹.«

Hastig nahmen die drei ??? ihm das Heft aus der Hand. Sie hielten den Schnipsel aus dem Drohbrief daneben und strahlten.

»Volltreffer!«, jubelte Justus und reichte dem Kassierer ›*Fisch und Haken*‹ zurück. »Mister, Sie haben uns sehr geholfen.«

Noch lange Zeit stand der verwirrte Kassierer mit dem Heft in der Hand vor dem Regal. Als er seine Sprache wiederfand, waren die drei ??? schon längst verschwunden.

Am Haken

Während über dem Pazifik langsam die Sonne unterging, fuhren die drei ??? zufrieden die Hauptstraße zurück.

»Ich hätte nie gedacht, dass wir so weit kommen würden«, freute sich Peter. »Der Schnipsel passte perfekt. Selbst die Hintergrundfarbe war die gleiche. Jetzt wissen wir zumindest, dass unser Mister X voll aufs Angeln abfährt.«

Justus trat schnaufend in die Pedale. »Genau. Ich schlage vor, wir treffen uns morgen früh und fahren dann zusammen zum Flugplatz. Spencer soll mal überlegen, wer aus seinem Bekanntenkreis leidenschaftlicher Angler ist. Die Zeit wird knapp. Mittags meldet er die ganze Sache der Polizei — dann ist alles zu spät.«

Kurz danach verabschiedeten sich die drei und Justus fuhr durch das große Tor zum Schrottplatz.

Onkel Titus war noch damit beschäftigt, die verschiedenen Flugzeugteile einzulagern. »Hallo,

Justus! Es ist unglaublich, was ich schon alles entdeckt habe. Das sind wahre Schätze, die wir heute morgen aufgeladen haben. Sieh mal, der original Feuerlöscher der Apollo 13!«

Justus stellte müde sein Rad ab und stieg die Treppen zur Veranda hoch. »Klasse. Ich gucke ihn mir morgen mal an, Onkel Titus. Ich bin hundemüde.«

Wenig später lag er im Bett und schlief sofort ein.

Am nächsten Morgen wurde er nicht von einem Propellerflugzeug, sondern vom schrillen Klingeln seines Weckers aus dem Bett geworfen. Den hatte er sich direkt neben sein Ohr gelegt — zweimal hintereinander wollte er auf keinen Fall verschlafen.

Pünktlich zur verabredeten Zeit wartete er mit seinem Fahrrad auf Peter und Bob.

»Zwei Minuten zu spät!«, rief er Peter grinsend entgegen, als er ihn erblickte. Dann kam auch Bob und gemeinsam fuhren sie zum Flugplatz.

Als sie auf dem Gelände eintrafen, war weit und

breit niemand zu sehen. Sie lehnten ihre Räder gegen das Bürogebäude und klopften an die Eingangstür.

»Mister Spencer, sind Sie da?«, rief Justus. Als keiner antwortete, öffneten sie die Tür und gingen zögernd hinein.

»Mister Spencer. Hallo? Sind Sie hier?«, wiederholte Justus. Nichts geschah.

Plötzlich blieb Peter abrupt stehen. »Seid mal still! Hört ihr das?«

»Was denn?«, flüsterte Bob erschrocken.

»Na, dieses merkwürdige Geräusch. Das hört sich an wie, wie ...«

»... wie Schnarchen«, fuhr Justus fort. »Und ich glaube auch, ich weiß, woher es kommt.«

Er zeigte auf das Büro von Spencer und blickte vorsichtig hinein. Er hatte richtig geraten.

Spencer lag mit dem Kopf auf seinem Schreibtisch und schnarchte. Erst als Justus heftig gegen die Tür klopfte, wachte er auf.

»Was ist los? Was ist passiert?«, stammelte der Pilot. Er schien froh zu sein, die drei ??? zu sehen.

Spencer hatte die ganze Nacht im Büro verbracht, in der Hoffnung, dass sich der Erpresser noch telefonisch bei ihm melden würde.

Die drei ??? berichteten von ihren Untersuchungsergebnissen. Müde rieb der Pilot seine Augen. »Na ja, besser als nichts. Ein leidenschaftlicher Angler soll es also gewesen sein? Da muss ich mal nachdenken. Bekannte habe ich in Rocky Beach wenige — ich wohne ja erst seit vier Wochen hier.

Aber von meinen Angestellten gibt es tatsächlich ein paar, die gerne angeln. Natürlich hatte ich in der kurzen Zeit nicht die Möglichkeit, alle Hobbys von meinen Mitarbeitern kennen zu lernen. Von einer Gruppe weiß ich, dass sie sich immer zum Angeln trifft. Ich kann mir aber nicht vorstellen, dass es einer von denen gewesen ist.«

»Das behauptet ja auch keiner. Wir müssen nur jeder Spur nachgehen«, beruhigte ihn Justus. »Können Sie uns die Namen nennen?«

Spencer stand auf und goss sich Wasser in ein frisches Glas. »Na gut. Obwohl ich eigentlich nicht daran denken mag, dass einer meiner Männer damit zu tun hat, werde ich euch die Namen nennen. Also, da ist zunächst Larry Burton. Seit über zwanzig Jahren arbeitet er hier als Hilfsmechaniker. Seine Frau macht ab und zu im Büro sauber. Sie war früher mal Schauspielerin. Dann Joseph Higgins, ein vorzüglicher Pilot – hat mehrere hundert Einsätze in einem Löschflugzeug hinter sich. Der Dritte ist Gilbert Clarke. Er kümmert sich um alles, was so anfällt — arbeitet schon seit Ewigkeiten hier.«

»Ist das nicht der, der gestern so plötzlich krank wurde?«, unterbrach ihn Peter.

»Genau. Aber das hat nichts zu sagen. Irgendwie haben sich alle gegen mich verschworen und sind nacheinander krank geworden. Außer Buddy. Dem hab ich für heute frei gegeben. Solange hier ein Saboteur frei herumläuft, startet kein Flugzeug.«

Bob hatte in einem kleinen Notizbuch alles mitgeschrieben. »Mister Spencer, können Sie uns noch die Adressen von jedem der drei Männer nennen?«

Der Pilot griff in eine Schublade und holte einen Ordner heraus. »Kein Problem. Hier drin habe ich alle Personalakten.«

Bob notierte sorgfältig die Adressen.

Anschließend verabschiedeten sie sich von Spencer und öffneten die Tür zum Flur.

»Was habt ihr denn jetzt vor?«, rief ihnen der Pilot hinterher.

»Wir werden unsere Ermittlungen fortführen«, antwortete Justus gelassen.

Verdachtsmomente

»Du bist gut, Just. Was willst du denn fortführen?«, flüsterte Peter vor der Tür. »Soll die Polizei jetzt jeden verhaften? Wie ist dein Plan?«

»Ich habe noch keinen Plan. Ich habe allerdings das Gefühl, dass wir auf der richtigen Spur sind. Irgendwas stimmt nicht auf diesem Flugplatz. Aber nicht so laut — hier gibt es tausend Augen und Ohren. Wisst ihr noch, gestern, als wir beobachtet wurden? Wir sollten einfach zu der ersten Adresse fahren. Vielleicht bringt uns das weiter.«

Peter und Bob hatten auch keine bessere Idee und so stiegen sie auf ihre Räder und fuhren los.

»Bob, als Ersten hatte Spencer Larry Burton erwähnt. Wo wohnt der?«, fragte Justus, während sie sich vom Flugplatz entfernten.

»Moment ... hier hab ich es: Burton wohnt in der Pacific Avenue 134. Das muss irgendwo am Stadtrand von Rocky Beach sein.«

Eine halbe Stunde später standen sie vor einem

großen alten Haus. Der Eingang war mit Efeu überwuchert.

»Nummer 134. Hier ist es«, stellte Peter fest und zeigte auf ein angerostetes Türschild. Neben dem Gebäude führte ein schmaler Weg in den Garten. Justus blickte hinein und sah eine ältere Dame, die gerade Wäsche aufhängte.

»Los, die fragen wir!«, entschied Justus und schob sein Rad den Weg entlang. Peter und Bob folgten ihm zögernd.

Als die Dame die drei erblickte, lächelte sie freundlich und zupfte ihre Schürze zurecht.

»Guten Morgen, Madam. Mein Name ist Justus Jonas. Wir wollen zu Mister Burton. Können Sie uns da weiterhelfen?«, fragte Justus forsch.

Die ältere Dame stellte den Wäschekorb auf den Boden und sah die drei ??? unsicher an. »Ja, das ist mein Mann. Aber im Moment ist es etwas schwierig.«

»Wieso, ist er nicht da?«, fuhr Justus fort.

»Das schon, aber er ist ... wie soll ich sagen ...«

Mit einem bestickten Tuch tupfte sie ihre geröteten Augen. »Seit Tagen geht es ihm nicht besonders. Er ist sehr krank.«

»Komm, Just, lass uns gehen!«, flüsterte Peter eindringlich. Auch Bob war die Situation unangenehm und er putzte nervös seine Brille.

»Aber wenn es dringend ist, kann ich meinen Mann herunterbitten. Einige Meter könnte er vielleicht schaffen. Ihm ist nur immer so schrecklich kalt, wisst ihr.«

Justus schüttelte heftig den Kopf. »Oh nein, bitte keine Umstände. Es tut uns Leid. Bitte entschuldigen Sie. Wir kommen vielleicht ein anderes Mal wieder. Wünschen Sie ihm bitte gute Besserung.«

Hastig drehten die drei ??? um und verschwanden wieder. Die ältere Dame winkte ihnen mit dem bestickten Tuch hinterher.

»Mann, wie peinlich«, stöhnte Peter, als sie wieder auf der Straße waren. »Die hat fast angefangen zu weinen. Just, sag jetzt bloß nicht, dass Burton immer noch verdächtig ist!«

Genau das wollte Justus tatsächlich gerade sagen, doch nun schwieg er lieber.

Sie beschlossen, zu der zweiten Adresse zu fahren. Joseph Higgins, der Pilot, wohnte direkt in der Stadt, in der Market Street 3c.

Die Nummer drei war ein großes Gebäude mit mehreren Stockwerken. Im Erdgeschoss befand sich ein Geschäft mit Fischspezialitäten.

Bob stieg von seinem Rad ab und sagte: »Also, auf noch eine Befragung habe ich keine Lust. Diesmal sollten wir etwas anderes probieren.«

Peter war damit sehr einverstanden.

Mitten durch das Gebäude führte eine halbrunde Toreinfahrt in den gepflasterten Innenhof.

»Higgins wohnt 3c, steht hier. Wahrscheinlich ist es ein Wohnblock im Innenhof«, überlegte Justus und fuhr als Erster hinein.

Im Hof angekommen lehnten sie ihre Räder an eine Hauswand und sahen sich neugierig um.

Von hier aus führten mehrere identische Eingangstüren in die verschiedenen Wohnblöcke.

»Gleich da vorn ist Haus Nummer 3c!«, rief Peter und zeigte auf den mittleren Eingang.

Bob untersuchte so lange einen kleinen Schuppen, den er in einer Ecke des Hofes entdeckt hatte. »Kommt mal her! Hier haben die ihre Müllcontainer untergestellt.« Justus und Peter liefen zu ihm.

Bob deutete auf einen der großen Metallbehälter. »Auf dem da steht 3c. Jede Partei hat hier anscheinend ihren eigenen Container. Mir kommt nämlich gerade eine Idee. Irgendwann muss unser Mister X ja mal seine Anglerzeitschrift entsorgen. Nehmen wir an, wir finden hier drin eine ›Fisch und Haken‹ Nummer acht und sehen, dass dort überall Buchstaben herausgeschnitten wurden — dann hätten wir ihn.«

Justus schüttelte den Kopf. »Dass wir hier was finden, ist so unwahrscheinlich, wie einen weißen Hai in der Badewanne zu endecken.«

Jetzt mischte sich auch Peter ein. »Ach ja, nur weil die Idee nicht von Herrn Justus Jonas persönlich kommt, ist sie plötzlich absolut unwahrscheinlich.

Ich finde sie nicht schlecht. Warum sollten wir kein Glück haben?«

Bob grinste zufrieden. »Genau, warum nicht. Ich werde einfach mal nachsehen.«

Mit diesen Worten schob er den schweren Deckel vom Container Nummer 3c nach oben und blickte hinein.

Peter stellte sich neben ihn. »Es liegen nur ein paar Tüten drin, die sind schnell durchsucht!«

»Von mir aus wühlt im Müll herum. Das stinkt ja zum Himmel!«, rief Justus.

Bob und Peter holten eine Tüte nach der anderen heraus und schütteten sie vorsichtig wieder in den Container. Die letzten beiden Tüten lagen so tief am Boden, dass selbst Peter mit seinen langen Armen sie nicht greifen konnte.

»Na, habt ihr schon was Leckeres zum Mittagessen entdeckt?«, witzelte Justus und hielt seine Nase zu. Das stachelte nur Peters Ehrgeiz an. Mit Schwung stemmte er sich über die Kante des Containers und landete mitten drin.

Im selben Moment hörte man, wie eine der Türen im Innenhof geöffnet wurde. Schwere Schritte hallten über den gepflasterten Boden.

»Psst! Da kommt jemand!«, flüsterte Justus seinen beiden Freunden zu. Erschrocken drehte Bob seinen Kopf herum. Die Schritte bewegten sich jetzt direkt auf den Schuppen zu. Plötzlich hörte man, dass neben den Schritten noch ein knurrender Hund über die Steine tapste. Das war zu viel für Bob. Blitzschnell sprang er hoch und landete sicher neben Peter im Container. Nun stand Justus ganz allein im Schuppen. Die Schritte kamen immer näher und der Hund fing laut an zu bellen. Justus klopfte das Herz bis zum Hals. Als er dann noch sah, dass Peter und Bob gerade den Deckel über sich schließen wollten, rannte er zu ihnen, packte mit beiden Händen die Kante, zog sich hoch und rollte kopfüber in den Container hinein.

Scheppernd fiel der Deckel über ihnen zu. Zusammengekauert hockten jetzt die drei ??? mitten im Müll.

Mitten im Müll

Innen war es stockfinster. Nervös lauschten Justus, Peter und Bob den näher kommenden Schritten. Den widerlichen Gestank in dem Container nahmen sie gar nicht wahr. Jetzt war die Person anscheinend mitten im Schuppen. Die Schritte stoppten, nur der Hund hörte nicht auf, laut und eindringlich zu bellen.

»Aus! King Kong! Aus! Halt endlich die Schnauze, du dummer Köter!«, beschimpfte eine männliche Stimme den Hund. Doch den kümmerte das wenig. Im Gegenteil: Das Bellen und Hecheln wurde immer heftiger und seine Pfoten kratzten aufgeregt an dem Container Nummer 3c. Die drei ??? wagten nicht zu atmen.

»Jetzt halt verdammt noch mal die Schnauze, King Kong! Sonst schmeiß ich dich in den Müll wie diesen Drecksack!«

Dann öffnete er den Deckel und die drei Detektive schlossen angsterfüllt die Augen. Von oben fiel ein prallgefüllter Müllbeutel auf Peters Kopf, platzte auseinander und der Inhalt verteilte sich im Container.

Danach ging der Mann wieder aus dem Schuppen und ließ den Deckel offen stehen.

»Bei Fuß, King Kong! Kommst du her! Was ist denn heute nur mit dir los? Kommst du jetzt aus dem Schuppen oder soll ich dir in den Hintern treten?« Winselnd folgte der Hund dem Mann über den Hof.

Erst als sie die Haustür zuklappen hörten, wagten die drei wieder zu sprechen.

»Puh, er hat nicht reingeguckt. Da haben wir aber Glück gehabt«, flüsterte Bob erleichtert.

Justus zog sich eine abgenagte Fischgräte aus den Haaren. »Das hier nennst du Glück gehabt? Da stelle ich mir aber was anderes drunter vor.«

Peter hingegen hockte immer noch kreidebleich zwischen alten Salatblättern. »Ich hab mir fast in die Hose gemacht«, jammerte er mit zittriger Stimme. Doch als er sah, wie Bob sich die Reste einer Dose Hundefutter von der Hose wischte, musste er schon wieder grinsen. Auch Justus hielt sich die Hand vor den Mund, um nicht lauthals loszulachen.

Dann konnte auch Bob nicht mehr. Er zeigte auf Peters neue Mütze aus Eierschalen und prustete drauflos. Mit knallroten Köpfen versuchten die drei ??? ihr unbändiges Lachen zu unterdrücken.

Erst nach einiger Zeit konnten sie sich wieder beruhigen.

Justus stand als Letzter auf, um aus dem Container zu krabbeln. Als er merkte, dass ihm irgendetwas am Rücken klebte, griff er nach hinten und hatte eine von alter Milch aufgeweichte Zeitschrift in der Hand.

»Ich werde irre! Das ist sie! ›Fisch und Haken‹ Nummer acht«, platzte es aus ihm heraus.

Jetzt war der Erpresser entlarvt. Auf der Titelseite war sogar die Ecke mit dem Preis herausgeschnitten. Zufrieden steckten sie das Beweismittel ein.

Lange Zeit konnten die drei Detektive es einfach nicht fassen. Selbst als sie mit ihren Rädern am Brunnen des Marktplatzes ankamen, redeten sie immer noch durcheinander.

»Wahnsinn. Wie ein Lottogewinn«, wiederholte Justus zum hundertsten Male.«

Am Brunnen versuchten sie, so gut es ging, den Dreck abzuwaschen. Danach rasten sie zurück zum Flugplatz.

Als sie dort erschöpft ankamen, saß Spencer immer noch vor seinem Schreibtisch und starrte auf das Telefon.

»Seid ihr einen Schritt weiter?«, fragte er die drei ??? mutlos.

»Einen Schritt? Wir haben den Fall gelöst«, triumphierte Bob. Dann erzählten sie ihm atemlos die ganze Geschichte und zeigten ihm ihr Beweismittel.

Spencer war begeistert. »Ihr Teufelskerle! Wie habt ihr das nur geschafft? Der Higgins also. Nicht zu glauben. Er war mein bester Pilot. Aber jetzt müssen wir sofort zur Polizei und die ganze Sache aufklären.«

Abgeführt

Sie setzten sich alle in den Jeep. Auf der Ladefläche war immer noch der Ballon mit dem großen Korb festgeschnallt.

Wenig später parkte der Flugplatzbesitzer den Wagen direkt vor der Polizeiwache von Rocky Beach.

»Dann mal los!«, rief Spencer und schritt entschlossen die breiten Steinstufen zum Eingang hinauf.

Justus, Peter und Bob folgten ihm.

Sie gingen auf den Empfangstresen zu. Dahinter stand eine Polizistin und heftete Papiere in einen Aktenordner. Im Hintergrund saßen mehrere Beamte an Schreibtischen und arbeiteten an Computern oder telefonierten.

»Guten Tag, Miss. Meine Name ist Dave Spencer. Ich habe eine Anzeige zu machen.« Die Polizistin hörte aufmerksam zu.

Nach einer Weile unterbrach sie ihn. »Ich glaube,

das sollten wir nicht hier in aller Öffentlichkeit besprechen. Kommen Sie bitte mit! Ich werde Sie zu Kommissar Reynolds führen.«

Die drei ??? grinsten sich an. Reynolds war ein guter Bekannter von ihnen. Es war nicht das erste Mal, dass sie mit ihm zusammen an einem Fall arbeiteten.

Als der Kommissar sie in seinem Büro erblickte, lachte er und gab jedem die Hand. »Ah, meine drei Privatdetektive. Wenn ich euch sehe, bedeutet das häufig nichts Gutes.«

Seine Vermutung bewahrheitete sich wieder einmal. Denn nachdem der Pilot die ganze Geschichte erzählt hatte, holte Reynolds tief Luft und nahm auf seinem schweren Schreibtischstuhl Platz. »Oha, da seid ihr ja in eine ganz schön riskante Sache reingeraten. Seid ihr euch absolut sicher mit Higgins und dieser Zeitschrift ›Angelhaken und Fischer‹?«

»›Fisch und Haken‹«, berichtigte ihn Justus. »Wir sind uns sogar hundertprozentig sicher. Alles spricht gegen den Mann. Sehen Sie, in der Zeitschrift fehlen genau die Buchstaben, die in dem Drohbrief benutzt wurden.«

Kommissar Reynolds prüfte die Zeitschrift und trommelte dann eine Weile mit einem Bleistift auf die Tischkante. Plötzlich sprang er auf und griff zu seiner Mütze. »Okay, dann müssen wir handeln. Ich denke, wir werden diesem Higgins mal einen kleinen Besuch abstatten. Wo sagtet ihr, wohnt der?«

»In der Market Street 3c«, antwortete Bob.

»Gut. Ich werde noch ein paar Kollegen zusammenrufen und dann fahren wir los.«

Justus wollte gerade etwas sagen, als er von Reynolds unterbrochen wurde. »Ich weiß, was du fragen willst, Justus. Ich kann nämlich Gedanken lesen. In Ordnung, ihr könnt mitkommen. Doch wenn ich mit den Beamten ins Haus gehe, bleibt ihr schön im Polizeiwagen sitzen.«

Die drei ??? waren einverstanden.

Wenig später saßen sie nebeneinander auf der Rückbank. Reynolds und Dave Spencer nahmen vorn Platz. Ein zweites Einsatzfahrzeug mit vier Polizisten fuhr ihnen hinterher.

Vom Revier bis in die Market Street war es nur ein kurzes Stück. Nach wenigen hundert Metern hatten sie ihr Ziel erreicht. Aus dem Geschäft für Fischspezialitäten sahen neugierig zwei Kunden zu, wie die Polizeiwagen in den Innenhof rasten.

»Und denkt an euer Versprechen! Ihr bleibt hier drin sitzen! Sonst komm ich in Teufels Küche«, ermahnte sie der Kommissar beim Aussteigen.

Zusammen mit den vier Beamten verschwand er in dem Hauseingang Nummer 3c.

Minutenlang geschah nichts. Spencer rutschte unruhig auf seinem Sitz hin und her. »Und wenn Higgins nun doch nichts mit der Sache zu tun hat? Wie peinlich wäre das vor ihm und meinen Angestellten.«

Justus beruhigte ihn. »Er war es ganz sicher. Die Zeitschrift hat ihn eindeutig überführt.«

»Wahrscheinlich habt ihr Recht«, murmelte der Pilot.

Dann öffnete sich die Haustür und zwei der Polizisten kamen heraus. Ihnen folgte ein Mann im Trainingsanzug.

»Das ist Joseph Higgins«, flüsterte Spencer und rutschte langsam den Sitz hinunter. Direkt dahinter kam jetzt auch Reynolds.

Higgins hatte man vorsichtshalber Handschellen angelegt. Widerwillig ließ er sich von den Polizisten abführen und brüllte mit lauter Stimme: »Unglaublich, was für ein Aufstand. Warum holt man mich nicht gleich mit der Armee ab? Da macht man einen kleinen Scherz und die Polizei hetzt mir gleich die volle Besatzung auf den Hals.«

Kommissar Reynolds packte ihn wütend am Kopf und schob ihn in den zweiten Einsatzwagen. »Kleiner Scherz sagen Sie dazu? Für Sie ist das also ein kleiner Scherz, wenn man Seile anschneidet und dabei Leben aufs Spiel setzt?«

»Hä? Was für Seile? Wovon sprechen Sie überhaupt?«, hörten die drei ??? Higgins aus dem Wagen schimpfen. Dann schlug Reynolds die Tür zu. »Das können Sie uns alles auf dem Revier erzählen!«

Plötzlich drang lautes Bellen aus dem Treppenhaus. Diesmal rutschten Justus, Peter und Bob in die Sitze.

»King Kong«, flüsterte Peter ängstlich.

Als sie vorsichtig einen Blick durch die Seitenscheibe riskierten, sahen sie die anderen beiden Polizisten herauskommen. Einer von ihnen hielt eine Hundeleine in der Hand, an dessen Ende etwas zog, zerrte und wütend in die Luft sprang.

Es war ein kleiner weißer Zwergpinscher!

Ausgebellt

»Die kleinsten Hunde bellen am lautesten«, grinste Spencer, als sie aus dem Innenhof fuhren. »King Kong war bei jedem Flug von Higgins dabei. Am Anfang wollte ich ihm das verbieten, doch dann habe ich es aufgegeben.«

Als sie am Revier ankamen, stand der zweite Polizeiwagen schon vor dem Eingang. Higgins stieg gerade aus dem Auto und hielt den kleinen Hund auf dem Arm. Dann wurde er von den Polizisten abgeführt.

»Was passiert jetzt mit ihm?«, fragte Bob den Kommissar.

»Wir werden ihn erst mal verhören und danach wird er dem Haftrichter vorgeführt. Alles Weitere wird sich finden«, gab ihm Kommissar Reynolds zur Antwort.

Anschließend bedankte er sich bei den jungen Detektiven und klopfte jedem anerkennend auf die Schulter.

Als sie wieder im Jeep saßen, atmete Dave Spencer erleichtert auf. »Ich bin froh, dass jetzt die ganze Sache vorbei ist. Ohne eure Hilfe würde Higgins immer noch frei herumlaufen. Danke!«

Justus sagte während der Fahrt kein Wort. Unruhig knetete er seine Unterlippe und blickte regungslos nach draußen. Dann beugte er sich langsam zu dem Flugplatzbesitzer nach vorn. »Mister Spencer, zwei Fragen bleiben dennoch offen. Erstens: Warum hat Higgins das nur getan?«

Spencer bog auf den staubigen Sandweg zum Flugplatz ein und sah Justus im Rückspiegel an. »Ich habe mir natürlich auch Gedanken gemacht«, begann er. »Die Sache ist so: Dieser Privatflugplatz gehörte meinem Vater. Über dreißig Jahre hat er ihn aufgebaut und ständig erweitert. Vor genau sechs Wochen ist er dann gestorben.«

Justus schloss kurz die Augen. Seine Eltern waren bei einem Unfall ums Leben gekommen, als er fünf Jahre alt war. Seitdem lebte er bei Tante Mathilda und Onkel Titus. »Das tut mir Leid«, sagte er leise.

Der Pilot fuhr fort. »Danke. Es kam ganz plötzlich. Aber mein Vater war auch schon sehr alt. Er hat bis zuletzt auf seinem Flugplatz gearbeitet.

Ich wohnte zu der Zeit in New York. Nur ab und zu habe ich ihn besucht. Hauptsächlich bin ich zum Fliegen hierher gekommen. Er brachte mir alles bei und eine Weile habe ich sogar als Luftakrobat mein Geld verdient. Dann musste ich mich entscheiden: Entweder weiter in New York leben oder hier in Rocky Beach mein Erbe antreten. Wie ihr wisst, habe ich mich für den Flugplatz entschieden. Seit vier Wochen versuche ich nun, diesen Betrieb wieder auf Vordermann zu bringen. Die ganze Technik ist veraltet — ihr habt es selbst gesehen. Das neue

Büro ist erst der Anfang. Hier hat sich einiges verändert in der kurzen Zeit. Leider hat es auch ein paar Entlassungen geben müssen. Vorher haben hier fünfzehn Leute mehr gearbeitet — das kann keiner bezahlen. Fast die Hälfte musste gehen. Tja, es kann sein, dass einige jetzt sauer auf mich sind. Vielleicht ist das auch der Grund, warum so plötzlich fast alle krank geworden sind. Möglicherweise sind sie gar nicht krank, sondern wollen mir damit nur eins auswischen. So ganz kann man es ihnen auch nicht verdenken. Manche von ihnen haben ihr Leben hier verbracht. Aber es nützt nichts. Wenn ich so weitergemacht hätte wie mein Vater, würden wir bald alle auf der Straße stehen. Higgins wollte ich eigentlich auch entlassen — vielleicht hat er was davon geahnt und wollte sich rächen. Ich weiß es nicht. Larry Burton und Gilbert Clarke standen übrigens zunächst auch auf der Abschussliste. Nun gut, jetzt ist sowieso alles anders gekommen.«

Justus lehnte sich wieder zurück. »Verstehe. Aber wieso haben Sie uns das alles nicht vorher erzählt?«

Sie waren mittlerweile wieder am Flugplatz angekommen und Spencer stellte den Motor ab. »Ich hätte nicht gedacht, dass dies der Grund für so eine unglaubliche Tat sein könnte. Das war natürlich verkehrt, wie sich jetzt herausgestellt hat. Wie kann ein Mensch nur so etwas tun?«

»Und genau das ist meine zweite Frage«, fuhr Justus fort. »Higgins hat anscheinend zugegeben, dass er den Drohbrief geschrieben hat. Warum stellt er sich aber dumm und tut so, als ob er von dem angeschnittenen Seil nichts wissen würde?«

Der Pilot öffnete die Autotür und zuckte mit den Achseln. »Keine Ahnung. Vielleicht will er seinen Kopf noch aus der Schlinge ziehen. Ich wette aber, dass er im Verhör ein komplettes Geständnis ablegen wird.«

Als er den Wagen verlassen hatte, sah Justus seine beiden Freunde an und holte tief Luft. »Dann wollen wir das mal hoffen«, murmelte er.

Neustart

Die Sonne stand senkrecht über dem Flugplatz. Über den Blechdächern der Gebäude flimmerte die Luft. Nur am Horizont zogen von Osten her vereinzelt kleine weiße Wölkchen auf.

Sie standen jetzt alle neben dem Jeep und verabschiedeten sich.

»Jungs, ich weiß gar nicht, wie ich euch danken soll. Higgins hätte es fast geschafft, dass der Flugbetrieb wochenlang lahm gelegt worden wäre. Und das, obwohl wir gerade so viel Aufträge bekommen haben. Allein die Firma Colagum hat für einen ganzen Monat Werbeflüge gebucht. Wenn ich denen erzähle, dass wir heute nicht geflogen sind, dann nehmen die mir womöglich den Auftrag wieder weg. Es ist so schade, das Wetter ist perfekt, der Ballon ist repariert und dank eurer Hilfe muss ich mit keinen weiteren Anschlägen rechnen.«

»Und warum fliegen Sie dann heute nicht?«, fragte Bob.

»Weil ich nun niemanden mehr habe, der mir hilft. Selbst Buddy habe ich heute freigegeben und ohne Verfolger am Boden geht es schon gar nicht.«

In diesem Moment hörten sie laute Hammerschläge aus dem Flugzeughangar. Spencer drehte sich verwundert um und rief: »Hallo? Wer ist da? Hallo?« Die Geräusche verstummten und Buddy kam mit verschmiertem Arbeitsanzug auf sie zu. »Ich bin's, Boss. Ich wollte nur schnell noch eine Sache zu Ende bringen. Burton's Frau hat mich vorhin mit dem Wagen mitgenommen. Sie hat bis eben das Büro sauber gemacht und ist dann wieder gegangen. Ich bin auch gleich weg, keine Angst.«

Plötzlich zeigte sich auf den Lippen von Spencer ein Lächeln. »Also, wenn Buddy sowieso schon hier ist ... also, dann ... Jungs, könnt ihr mir noch einmal beim Start von Big Mama helfen?«

Peter hob erschrocken die Arme. »Helfen ja, Mister Spencer. Aber einsteigen — niemals! Mich kriegt da niemand mehr rein.«

Die Sache war entschieden.

Justus, Peter und Bob erklärten sich bereit, beim Aufblasen des Ballons zu helfen. Spencer wollte dann den Flug allein durchführen. Währenddessen sollten die drei ??? mit Buddy im Jeep den Flug verfolgen und später den Ballon wieder mit aufladen.

Spencer klatschte freudig in die Hände. »Ich kann gar nicht beschreiben, wie dankbar ich euch bin. Und wisst ihr was? Ihr bekommt dafür diesmal nicht jeder zehn Dollar, sondern sogar zwölf. Wartet hier, ich hole nur schnell meine Sachen und den aktuellen Wetterbericht aus dem Büro.«

Eine halbe Stunde später war der große Ballon schon zur Hälfte mit Luft gefüllt und dieses Mal wussten die drei ??? genau, was zu tun war. Spencer ließ unaufhörlich heiße Gasflammen in die Hülle schießen. Ganz langsam wurde der Ballon aufgerichtet, bis er sich schließlich majestätisch vom Boden erhob.

Buddy holte einen schweren Eisenhaken aus dem Jeep und rammte ihn mit einem Vorschlaghammer

in den Boden. Dann wickelte er ein Seil darum und knotete das andere Ende hoch oben am Gestell des Gasbrenners fest. »Es ist stärkerer Wind aufgekommen. Nicht, dass uns Big Mama noch von der Landebahn weggepustet wird«, sagte er besorgt.

Spencer heizte dem Ballon weiter ein und lachte: »Ach was, es kommt kein Wind. Nur von Norden weht heute ein kleines Lüftchen. Hier, steht alles im Wetterbericht.«

Jetzt schwebte der bunte Heißluftballon startklar vor ihnen und wurde nur noch vom Seil am Boden gehalten.

Spencer steckte den Zettel mit dem Wetterbericht zwischen zwei Gasflaschen und kontrollierte das Funkgerät. Es war mit einem Klettband am Ballonkorb angebracht. »Eins, zwei, Test. Buddy, kannst du mich hören?«

Der Mechaniker stand direkt neben ihm. »Alles klar, Boss. Ich höre Sie sogar doppelt. Einmal direkt und einmal aus dem Lautsprecher«, grinste er.

Der Pilot klopfte auf sein Funkgerät. »Meines ist aber dafür anscheinend kaputt. Ich kann dich nicht hören. Ich werde aus dem Büro das Ersatzgerät holen.«

Buddy blickte zum Himmel und lief Spencer hinterher. »Warten Sie, Boss! Ich hol lieber aus der Halle einen zweiten Eisenhaken. Es scheint mir doch etwas Wind aufzukommen. Nehmen Sie mich mit!« Spencer lachte wieder und stieg in den Jeep. »Na, dann komm mit, alter Angsthase! Bis gleich, Jungs!«

Anschließend fuhren beide mit dem Jeep den halben Kilometer zurück zur Halle.

Niemand bemerkte, dass die kleinen Wölkchen am Horizont mittlerweile zu Wolken wurden.

Windkraft

Ein Windzug wirbelte Staub von der Landebahn hoch.

»Hoffentlich kommen die gleich wieder«, sagte Peter unruhig. »Ich möchte mal wissen, wie wir einen Ballon bewachen sollen.«

Justus fühlte sich auch nicht so wohl bei der Sache. »Ich denke, dass Buddy gut daran tut, noch einen Eisenhaken zu holen. So langsam wird es nämlich ganz schön windig.«

Bob nahm seine eingestaubte Brille ab und rieb sie am T-Shirt sauber. Dann setzte er sie wieder auf und betrachtete den Ballon, der mehr und mehr an dem Halteseil riss. Plötzlich deutete er nach oben. »Also, entweder hat meine Brille einen Sprung oder es stimmt, was ich da sehe.«

»Was siehst du?«, fragte Peter neugierig.

»Da oben. Ich glaube, der Knoten hält nicht so richtig.« Jetzt sahen es seine beiden Freunde auch. Mit jedem Ruck des Ballons löste sich der Knoten ein wenig. Justus lief nervös um den Korb herum. »Lange hält der nicht mehr. Wo bleiben die nur?«

In der Ferne sahen sie, wie Buddy gerade erst in der Halle verschwand.

»Also, ich setz nicht einen Fuß in das Ding«, verkündete Peter. »Wenn die keine vernünftigen Knoten machen können, haben sie Pech gehabt.«

»Wir können doch den Ballon nicht so einfach abhauen lassen!«, hielt Bob dagegen. »Mir ist das zu dumm. Ich spring schnell rein und zieh den Knoten nach.« Entschlossen kletterte er in den Korb und zog sich an dem Gestell des Gasbrenners hoch.

Der Wind zerrte an dem Seil. »Ich komm nicht ran. Mir muss einer helfen!«, rief er nach unten und stellte sich auf die Kante des Korbs.

Peter verschränkte trotzig die Arme vor der Brust. »Tut mir Leid, ich hab von Anfang an gesagt, wie ich darüber denke.«

»Was ist jetzt? Wollt ihr mich hier oben hängen lassen?«, schimpfte Bob wütend und machte sich so lang er konnte, um den Knoten zu erreichen.

Vor der Halle startete gerade der Jeep, um wieder zu ihnen zurückzufahren. Als Justus das sah, gab er sich einen Ruck und kletterte Bob hinterher.

»Na endlich, wurde auch Zeit!«, rief dieser ihm entgegen. »Just, du musst versuchen, mich nach oben zu drücken, dann komm ich ran. Ich möchte mal wissen, wie Buddy das geschafft hat.«

Während die beiden mit dem Knoten beschäftigt waren, fiel Peters Blick auf den Eisenhaken am Boden. Dieser wurde bei jedem Ruck ein klein wenig mehr aus der Erde gezogen.

»Mist! Der Haken hält nicht mehr lange!«, schrie er entsetzt und fuchtelte aufgeregt mit den Armen. Justus krallte sich gerade am Gestell fest und hatte Bobs Turnschuh im Gesicht. »Was? Nimm schnell den Hammer und schlag ihn nach!«, brüllte er.

Doch es war zu spät. Gerade als Peter mit dem Hammer ausholen wollte, riss eine heftige Windböe den Haken aus der Erde. Instinktiv ließ Peter den Hammer fallen und packte das Seil. Mit gewaltiger Kraft schoss der Ballon nach vorn. Bob rutschte von Justus' Kopf und beide fielen in den Korb.

Peter versuchte krampfhaft, den Ballon festzuhalten, doch es war aussichtslos. Wie eine Puppe wurde er hinter Big Mama hergezogen. Während der Jeep laut hupend auf sie zuraste, verlor Peter schließlich den Boden unter den Füßen und pendelte am Seil.

»Lass los!«, brüllte Justus panisch von oben. Doch Peter dachte nicht daran, denn mittlerweile schwebte er schon mehrere Meter über dem Boden.

Der starke Wind fegte sie immer schneller über die Landebahn direkt auf den Jeep zu.

»Zieht an dem Parachute!«, kreischte von unten Spencer durch ein Megafon. »Das Seil, das gestern gerissen ist. Schnell, das Parachute!«

Justus und Bob rappelten sich auf und zogen, so fest sie konnten. Langsam begann der Ballon wieder zu sinken. Der Jeep fuhr jetzt genau unter ihnen.

»So ist es richtig. Ihr kommt wieder runter. Bleibt ganz ruhig!«, kreischte es wieder von unten.

Doch Peter konnte nicht ruhig bleiben. Mit verzweifelter Kraft hangelte er sich am Seil nach oben.

Allmählich kam das Ende der Landebahn in Sicht und endlich erreichte er den Korb.

»Los, gib uns die Hand, Peter! Los!«, hörte er über sich Justus und Bob. Mit vereinten Kräften zogen sie ihn in den Korb.

»Zieht an dem Parachute! Ihr müsst mehr Luft ablassen! Hört ihr mich? Das Parachute!« Spencers Stimme überschlug sich beinahe.

Der Ballon hatte mittlerweile eine Höhe von nur noch zehn Metern, doch er sank nicht schnell genug zu Boden. Nun fehlte nicht mehr viel, dann würden sie unweigerlich zwischen den Bäumen am Ende der Landebahn abstürzen.

»Vergesst das Parachute! Nicht mehr dran ziehen! Zündet jetzt den Brenner! Hört ihr? Brenner zünden. Ihr schafft es nicht mehr. Ihr müsst wieder hoch!« Der Pilot war mit seinen Nerven vollkommen am Ende.

Bob bewahrte die Ruhe. Er konnte sich noch genau erinnern, wie Spencer den Gasbrenner über dem Korb bedient hat. Er legte einen kleinen Hebel um und eine riesige, donnernde Flamme schoss empor.

»Gut so! Weiter so! Nicht aufhören!« Spencers Stimme entfernte sich.

Der Ballon gewann wieder an Höhe. Immer dichter kamen die Bäume und in dem Getöse des Brenners ging das Gebrüll von Spencer unter. Jetzt zählte jeder Zentimeter. Bob hielt krampfhaft den Hebel fest und alle drei schrien durcheinander. »Festhalten! Wir schaffen es nicht ... Achtung ... wir schaffen es doch!« Plötzlich krachten sie mit der Korbunterseite gegen den Wipfel einer Baumkrone und wurden heftig durchgeschüttelt. Zweige peitschten über sie hinweg, Äste splitterten, doch dann flogen sie frei in der Luft.

Über den Wolken

Big Mama trieb haarscharf über die Bäume hinweg und gewann stetig an Höhe. In der Ferne sah man Spencer und Buddy aufgeregt neben dem Jeep auf und ab springen. Sie wurden immer kleiner.

Bob ließ erschöpft den Hebel los und die Gasflamme zog sich wie eine Zunge schlagartig zurück. Jetzt war es absolut still.

»Ich fass es nicht«, flüsterte Justus. »Ich kann es einfach nicht glauben. Was ist nur passiert? Sagt mir, dass das alles nicht wahr ist!«

Doch sie mussten der Wahrheit ins Auge blicken. Justus, Peter und Bob befanden sich allein in einem Heißluftballon hoch in der Luft. Unter ihnen erstreckte sich ein mächtiger Wald und bot keine noch so kleine Landemöglichkeit. Zudem wurde auch noch die Wolkendecke immer dichter.

Minuten später waren sie in dichten Nebel eingehüllt. Egal in welche Richtung sie schauten, vor ihnen erstreckte sich eine weiße Wand.

»Das ist das Ende«, flüsterte Peter, dem Weinen nahe. Justus blickte sich um und entdeckte das kaputte Funkgerät. Es war mit Klettband am Ballonkorb angebracht. Er hatte zwar wenig Hoffnung, drückte aber dennoch auf die Sprechtaste und rief hinein. »Hallo? Hört mich jemand? Hallo? Hier spricht Justus Jonas. Dies ist ein Notfall. Hallo?« Nichts geschah.

Bob schüttelte den Kopf. »Das Ding können wir vergessen. Warum sollte das Funkgerät plötzlich wieder funktionieren? Das Ersatzgerät hat Spencer noch im Jeep. Wir sitzen in der Patsche.«

Justus versuchte es nochmals. »Hallo? SOS. Wir brauchen Hilfe. Hört mich jemand?« Nichts.

Mutlos starrte er in den Nebel.

Plötzlich machte das Funkgerät ein kratzendes Geräusch. Kurz danach ein zweites Mal.

Justus sprang auf und rief noch lauter hinein. »Hallo? Hört mich jemand? SOS!« Wieder kratzte es. Die drei ??? horchten auf.

»Entweder das Ding spinnt jetzt völlig oder

jemand gibt uns ein Zeichen. Uns können ja alle hören. Das haben die doch vorhin ausprobiert — nur wir hören nichts«, erinnerte sich Bob.

Peter hatte wieder etwas Mut gefasst. »Es klingt so, als wenn jemand auf die Sprechtaste drückt. Dann gibt es immer so ein kurzes Knacken. Es könnte tatsächlich ein Zeichen sein.«

Justus ging wieder zum Funkgerät. »Hallo, wenn mich jemand hört, bitte geben Sie uns ein Zeichen.« Wieder knackte es einmal.

»Kann aber auch Zufall sein«, meinte Bob.

Justus versuchte es erneut. »Hallo, bitte geben Sie uns jetzt zweimal das Zeichen!« Diesmal knackte es tatsächlich zweimal.

Die drei ??? jubelten. Sie hatten wieder Kontakt zur Außenwelt. Justus fuhr fort. »Mister Spencer, wenn Sie es sind, bitte geben Sie uns jetzt dreimal das Zeichen!« Dreimal knackte es.

Peter klatschte aufgeregt in die Hände.

»Psst!«, zischte ihn Justus an. »Hallo, Mister Spencer. Ein Zeichen bedeutet ab jetzt ›ja‹. Zwei bedeuten ›nein‹. Um uns herum ist nur Nebel. Sollen wir an dem Parachute ziehen?« Zweimal Knack.

»Sollen wir den Brenner anmachen?« Einmal Knack.

Bob legte den Hebel um und die Flammen schossen empor. »Na klar. Wenn wir nichts machen, landen wir irgendwann auf dem Boden. Bei dem Nebel können wir aber absolut nicht erkennen, wo wir auftreffen. Am sichersten ist es in der Luft. Wir müssen wahrscheinlich abwarten, bis sich die Wolken verzogen haben«, erklärte Bob.

So vergingen viele Minuten. In regelmäßigen Abständen warfen sie den Brenner an.

Ungefähr nach einer halben Stunde war die erste Gasflasche leer. Sie hatten glücklicherweise beim ersten Flug alles gut beobachtet und konnten problemlos auf die zweite Flasche umwechseln.

Als auch diese Flasche zur Neige ging, machte sich Unruhe breit.

Justus wurde nervös. »Wenn nicht bald etwas passiert, haben wir ein Problem. Dann werden wir wohl irgendwo in der Nähe von Hollywood runtergehen. Ob wir wollen oder nicht.«

Jetzt hatten sie nur noch zwei Gasflaschen übrig und der Funkkontakt zu Spencer wurde immer schlechter. Irgendwann setzte das Gerät ganz aus und war endgültig kaputt.

Doch plötzlich lichtete sich der Nebel und es wurde allmählich wieder heller.

Peter jubelte. »Da, ich kann schon wieder die Sonne sehen. Und unten sieht es aus wie ...« Peters Stimme erstickte. Unter ihnen lag das Meer.

Save **O**ur **S**ouls

Sie waren starr vor Entsetzen.

»Das ist unmöglich«, stammelte Peter. »Der Nordwind müsste uns nach Süden treiben. Dies ist der Pazifik — und der liegt bekanntlich im Westen. Das dürfte nur passieren, wenn wir Ostwind hätten. Aber Spencer hat doch extra den Wetterbericht geholt und da stand Nordwind. Wie kann das sein?«

Während Peter Erklärungen suchte, begann Justus langsam seine Unterlippe zu kneten.

Peter fuhr fort: »Da fällt mir ein, ich hab ja noch den Kompass in der Tasche. Wartet, hier ist er. Da,

ja ... die Nadel zeigt es an. Wir fliegen genau in Richtung Westen. Wir haben Ostwind!«

Peter und Bob hantierten aufgeregt mit dem Kompass herum.

Justus hingegen griff zwischen die restlichen beiden Gasflaschen und zog den Wetterbericht heraus. Spencer hatte ihn vorher dort hineingesteckt. Nach einem kurzen Blick auf den Zettel hielt er sich plötzlich entsetzt die Hand vor den Mund.

»Was ist?«, erschrak Bob. »Hat Spencer falsch gelesen?«

Justus schüttelte den Kopf. »Nein, nein, das hat er nicht. Nur — der Bericht ist von gestern. Hier, ganz klein steht es am Rand. Wisst ihr, was das bedeutet?«

»Dass das Wetteramt Mist gebaut hat«, vermutete Peter.

»Nein, das heißt, dass jemand die Zettel im Faxgerät mit Absicht vertauscht hat. Und jetzt geht mir auch ein Licht auf. Denkt mal scharf nach: Wer hatte vor Spencer das Büro zuletzt betreten?«

»Burtons Frau …«, antworteten Peter und Bob entgeistert im Chor.

»Genau. Sie hat Buddy heute in ihrem Wagen zum Flugplatz mitgenommen und dann das Büro sauber gemacht. Und das, obwohl ihr Mann angeblich so krank ist. Merkwürdig, oder? Und sie hatte ein Motiv. Spencer hat es uns doch erzählt. Ihren Mann, Larry Burton, wollte er auch entlassen. Ich wette, sie hat davon Wind bekommen und wollte sich jetzt rächen. Und uns hat sie das arme alte Mütterlein vorgespielt — na ja, sie ist ja auch Schauspielerin gewesen. Und jetzt kann ich mir auch vorstellen, warum Higgins so erstaunt über die Geschichte mit dem Seil war, als er festgenommen wurde. Er war nämlich gar nicht der Täter. Er hat nur den Drohbrief geschrieben. Unglücklicherweise genau zur Zeit des ersten Sabotageversuches. Das Seil und das vertauschte Fax gehen auf das Konto der Burtons.« Peter und Bob staunten nicht schlecht, denn Justus' Schlussfolgerung klang sehr überzeugend.

Doch eigentlich hatten sie ein ganz anderes Problem. Sie schwebten mit einem Heißluftballon mitten über dem Pazifischen Ozean und konnten kein Land sehen. Das Funkgerät war kaputt und ihre Gasreserven reichten nicht mehr lange.

Mutlos guckte Peter nach unten. Wo er auch hinsah, überall erblickte er nur Wasser und Wellen. Doch dann machte er plötzlich eine Entdeckung. »He, dahinten seh ich ein Schiff! Ein dicker Frachter oder so was Ähnliches.«

Bob sah ihn nun auch. »Stimmt. Aber der nützt uns nichts. Die werden denken, wir machen hier eine Vergnügungsfahrt. Solange wir denen kein eindeutiges Zeichen geben können, werden die uns nicht helfen. Wir könnten natürlich mit Absicht runtergehen und eine Wasserlandung machen. Aber was ist, wenn uns dabei keiner beobachtet hat? Dann müssen wir nach Hause schwimmen.«

Peter ließ sich nicht beirren. »Ich weiß aber, wie wir so ein Zeichen geben können. Hier im Korb ist doch der Beutel mit dieser riesigen Stoffbahn.«

»Willst du jetzt Werbung für Colagum machen?«, spottete Bob.

»Quatsch. Ich habe eine Idee. Wir schneiden in den Stoff drei riesengroße Buchstaben hinein. S O S. Versteht ihr? Mein Taschenmesser habe ich immer dabei. Den langen Lappen hängen wir dann wie gestern unter unseren Ballon. Irgendwann wird der Frachter es bemerken und die Küstenwache alarmieren.«

Justus und Bob waren begeistert. Hastig zogen sie den Stoff aus dem Beutel und begannen mit der Arbeit. Zehn Minuten später hing das riesige Notsignal über dem Pazifik.

Peters Plan ging auf. Schon nach kurzer Zeit wurde von dem Frachter eine Seenotrettungsrakete abgeschossen.

»Ich werde wahnsinnig«, schrie Bob begeistert. »Die haben uns entdeckt. Peter, du bist der Größte!«

Es dauerte genau eine halbe Stunde, bis ein Schnellboot der Küstenwache am Horizont auf-

tauchte. Gerade zur rechten Zeit, denn das Gas war vollständig aufgebraucht und der Ballon sank unaufhaltsam in die Tiefe. Immer dichter rückte die

Wasseroberfläche auf sie zu. Als sie nur noch einige Meter hoch waren, schob sich das große Schiff im letzten Moment genau unter sie. Es war Maßarbeit. Der Ballon setzte mitten auf dem Bootsdeck sanft auf. Justus, Peter und Bob waren unfassbar glücklich.

Als sie am Abend mit dem Schnellboot im kleinen Fischereihafen von Rocky Beach einliefen, zeigte Justus aufgeregt auf die Kaimauer. »Seht mal, wer uns empfängt. Neben Spencer und Buddy steht auch Kommissar Reynolds.«

Peter sprang als Erster von Bord des Schiffes. Mit großer Geste ließ er sich fallen und küsste den Boden. »Oh, Erde, jetzt hast du mich wieder. Solange mir keine Flügel wachsen, werde ich niemals mehr in die Lüfte gehen.«

Alle lachten vergnügt, als sie ihm dabei zusahen.

Kommissar Reynolds ging auf die drei ??? zu. »Jungs, was macht ihr für Sachen? Die Küstenwache hat uns informiert. Da musste ich doch nach dem Rechten sehen. Wolltet ihr für den nächsten James Bond üben?«, grinste er.

Doch als Justus ihm die ganze Geschichte erzählt hatte, wurde er wieder ernst. »Eure Theorie klingt recht überzeugend. Higgins hat die Tat nämlich immer noch nicht zugegeben. Mir kamen auch schon Zweifel. Ich denke, wir werden Mister und Misses Burton auch einen Besuch abstatten.«

Noch am gleichen Tag wurden die beiden verhaftet und legten ein komplettes Geständnis ab. Larry Burton war nie krank gewesen. Er war derjenige, der die drei ??? beobachtet und das Seil des Ballons angeschnitten hatte. Seine Frau hatte am folgenden Tag die Faxe mit dem Wetterbericht vertauscht. Der Fall war jetzt endgültig gelöst.

Mit einem Augenzwinkern überreichte Dave Spencer den jungen Detektiven feierlich einen Gutschein für einen Gratisflug mit Big Mama — den Gutschein haben die drei ??? niemals eingelöst.

STECKBRIEF

Name: Justus Jonas

Alter: 10 Jahre

Adresse: Rocky Beach, USA

was ich mag: essen, lesen, unbeantwortete Fragen + Rätsel aller Art, Schrott

was ich nicht mag: wenn ich Pummelchen genannt werde, für Tante Mathilda aufrä...

was ich mal werden will: Kriminologe

Kennzeichen: das weiße Fragezeichen

---

was ich mag: schwimmen, Justus und

was ich nicht mag: für Tante Ma... räumen, Ha...

was ich mal werden Profisportler, 100 Jahre alt

Kennzeichen: blaues Frage...